松永義弘

真田昌幸と真田幸村

学陽書房

目次

真田昌幸と真田幸村

武田滅亡

一

天正九年、信州の秋は深かった。

真田昌幸は、物見楼にのぼって下界を見おろした。が、霧のためになにも見えなかった。

真田の本城戸石城である。晴れた日なら、眼下に上田盆地がひろがり、千曲川が広い川原をつくって蛇行しているのが見える。南は、蓼科の山々や突兀《とつこつ》とした八ヶ岳の山塊が見られ、西は穂高山系の偉容を望むことができた。

だが、今日は見えない。昌幸の周囲すら見えない。霧の微粒子が渦巻いて衣類をしっとりとしめらせている。昨日も、霧にとざされていた。

〈明日は……〉

晴れるだろうか。自然界の視界を奪われた昌幸は、ふといまの自分のおかれた人の世の状態を象徴しているように思えた。

来春早々、織田は攻めてくるであろう。昌幸まで二代仕えた武田が滅びようとしている。昌幸は、どう身を処し、どう真田一族をひっぱっていけばよいか、わからなかった。

いや、わかっていた。真田一族は武田とともに滅びてはならぬ、ということがわかっていた。真田の家名を後世に伝えるということであった。だが、そのわかりかたは、ちょうど、霧の下に千曲川が流れていることや、西の彼方に穂高山があるというと同じわかりかたであった。

濃霧の中を穂高に登ることが甚だしく危険でむしろ断念した方が賢明であるように、真田の名を残すという目標に向かって進むことも甚だしく困難であった。

山毛欅《ぶな》の森に、霧が這っている。大小二つの人影が、木立の間を駆け抜けていった。その移動する影の後を、霧が渦巻いて慕い流れた。

先行の大の影が、むくと立ちどまった。小の影も急停止した。二人とも忍び装束である。ただ、背中に幅広い皮を負うているところが、伊賀、甲賀衆とも、このあたりの戸隠、風魔の党ともちがっていた。

「匂う……」

大の影の口から、低く重い声がもれた。

「…………」

小の影が顔をあげて周囲を見まわした。ひくひくと動いた小鼻が可愛い。色は黒いが、赤い唇とすっきりと切れた目もとは、甘く優しげで女を感じさせた。

「こちらか……」

と腕をあげて言った声は、まさしく澄んだ若い女のそれであった。

「さよう……、して、何の匂い？」

重い声が返ってきた。声にみあう剛直そうな中年の顔である。

「髪を焼く匂いか？」

「未熟な……。外法の火の匂い。毛物を焼く匂い、糞尿を煮る匂い……」

大の影は、小の影が腕をあげた方向へ向かって背中の皮をひるがえして飛んだ。小の影もただちに大の影の後を追った。一瞬のうちに、二つの影は霧の中に消えた。

千曲川の畔を二騎、疾走している。馬蹄の音が川原の枯葦を打った。

突然、二騎は、ほとんど同時に竿立ちになって急停止した。一騎は前肢を地においてたたらをふんでふんばり、もう一騎は、数歩後退した。

激しくいなないた。乗り手は懸命に手綱をさばいて乗りしずめるのに苦労した。後戻った馬が強くいやがりながらも騎手の鞭で、ようやく先の馬に並んだ。

「なんという……」

「異臭！」

騎上の二人の侍が、ゆがんだ顔を見あわせた。若い。二人とも元服してまもないらしい。どことなく童顔が残っていた。兄弟か、よく似た顔立ちであった。

「あれだ」

十五、六間先の木立の中から黒い煙が、低くただよい流れていた。

「死人を焼く匂いか？」

「うん……」

「いったい、誰が……」

二人は、行きしぶる馬に鞭をあてた。

ぼろをまとった老婆が、鍋の前にうずくまっていた。

鍋は、三叉の木に吊られて黒煙のいぶる火の上にかかっていた。死体を焼いている様子はない。が、燃料は動物や鳥らしい。燃える木の上に黒い固りがのっており、白い羽も周囲にちらばっていた。なんともいいようのない悪臭である。さらに、ふつふつとたぎる鍋の中だ。老婆が鍋の中をかきまぜると、悪臭は、飛礫《つぶて》となって周囲に飛び散るようだった。

悪臭が障壁となって、老婆と鍋に十間とは近づけない。馬が耳を伏せ、おびえ、ともすれば後退る。

老婆が、ゆっくり顔をあげた。鉛色の蓬髪《ほうはつ》をかきあげながら、二人を見た。この老婆も異臭を発散しているのではないか。黒面はこの世の者とは思われぬほど、垢がこびりつき皺をうずめていた。首にかけて胸にたらしたあめ色の骨玉の数珠を揉みながら、歯のかけた口を開いて笑いかけた。

「ようこそ、おじゃられました。真田の若殿御兄弟……」

老婆は、ひしゃげた低い声で言った。不気味な、ぶつぶつと言うような声なのに、若侍二人の耳にすきとおるように聞こえた。

「そちらは兄君、源三郎さま、こなたは弟君、源二郎さま……」

「なんで、おれたちのことを……」

源二郎さまと指さされた若侍が驚いて叫び、とたんに咳こんだ。悪臭をもろに吸いこんだらしい。咳がおさまると涙を流した。

老婆の指摘どおり、二人は、戸石城主真田昌幸の子である。兄は源三郎信幸十六歳。弟は源二郎幸村十五歳。

「真田は呪われたお家ぞ、長子はいずれ若死するお家ぞ……」

「こやつ！」

かっとしたように幸村は、馬をやった。馬は、いやがって首をふりながら跳ねとんで乗り手をふり落とそうとした。

「されば、真田に一郎なし、兄と弟の名もさかさまじゃ……」

これは、このあたりの者なら誰知らぬものもない話であった。兄弟の祖父幸隆は長兄の夭折後、家を継いだ三男。父昌幸は、長兄次兄が長篠の合戦で戦死したため、真田家を継いでいた。そのため昌幸は、信幸が生まれたとき、一郎の名をとらなかったのである。

「じゃが、もはや恐れることはおじゃりませぬぞ……」

老婆は、鍋の中をかきまぜ、どろどろの汁をしたたらせて杓子でくみあげた。

「今日より真田のお家は万々歳。兄君は父上より大身となられましょう……。めでた

やめでた外法の寿ぎ……」

老婆は、二つの椀に、得体のしれない汁をつぎわけ、差し出した。

「御兄弟、この汁、召しませ、不老長寿、不死身となられ、外法に通ぜられましょうぞ……」

そのときであった。

信幸、幸村兄弟は、自分たちの左右を、何か白光が一閃したような気がした。

と――、鍋が火の上に落ちてひっくりかえった。火と汁のぶっつかりあう音と灰神楽が舞いあがった。

老婆の悲鳴があがった。

異臭が、爆風のように信幸、幸村を撲った。馬がたけりくるって跳びはねた。二人は、必死で手綱をさばき、馬を鎮めた。ようやく、老婆に目をうつす余裕をえた。

老婆は、いぶる燃料の上でのたうっていた。まるで火の上にこぼれた汁をなめようとしているように見えた。

老婆が顔をあげた。悪鬼の形相で、二人を睨みあげた。

「うぬ……、外法の者を殺したな……。ただではすまぬぞ。うぬら兄弟、呪うてやるわ。うぬら、血で血を洗う争いをおこせ……。弟が父を殺し、兄が弟を殺す……」

老婆は、二人に摑みかかるように手をのばし、虚空をかきむしって、はたと伏した。その背に、一本の手裏剣が、突き立っていた。

鍋を吊っていた綱も、鋭利な刃物で切ったあとの切り口をみせて、ゆれていた。

二

昌幸が、城をおりて真田館へ戻ったとき、霧は、晴れていた。やわらかい秋の陽がさしていた。

彼は、庭先に立って、城を見あげた。城の楼上で見た深い霧は、まだ彼の脳裡に渦巻いていた。

ふいに、鋭い鳥の声がした。

〈百舌《もず》か……〉

昌幸は、周囲の木の梢を見まわした。どこにも鳥の姿はなかった。彼は、うすく笑って書院へはいった。

ほんのしばらく待った。

「――カズラ、キガイ……」

床下から、にじみでるような声がした。

「おう……」

「──こたびは、それがしの娘ソロをつれてまいりました」

「おう、おう……。参れ」

昌幸は、言った。

「──おや、畳がはいりましたか……」

「己ばかりの贅沢よ……」

昌幸は、声に出して笑った。

畳が、音もなく持ちあがった。同時に、煙りたつように、大小の影二つが現われた。畳がおりると、影は、男と女の姿になって、両手をついていた。背に、皮を負うていた。

「葛鬼外、さらに曾呂というか、よう参った」

昌幸は、ゆったりと二人にふりかえった。

昌幸が、書状をひろげて黙読している。それは、鬼外がもたらした、織田家筆頭家老で、目下、北陸方面総司令官として上杉攻めに従っている柴田勝家の直筆書状であった。

鬼外も、曾呂も内容は知らされていた。いや、途中で読み、知らされたものと同じかどうか確かめていた。鬼外にとっては、どんなに厳重に封じられた書状でも、盗み見るぐらいのことはたやすかった。

内容は、くだくだしく書いてあるが、要するに、来春早々、織田の武田攻めがはじまるが、味方せよ、ということであった。味方せぬとあれば、せめて織田軍と直接、刃を交えることは控えてくれ、戦えば、後日、信長に執りなすことがむつかしくなる、と……。

曾呂は、昌幸と鬼外の顔を交々に盗み見て、

〈父上より、ひどい……〉

と、昌幸の顔相に笑いを覚えて、抑えるのに苦労した。しかし、父にいわせると、この人が、安易ならざる人だという。

真田安房守昌幸、当年三十五歳。すこしふけてみえる。容貌魁偉、頬骨が高くつきでていて、その上に一文銭がのるという異相である。体軀は中位か、いや小柄な方である。が、小ささを感じさせない。それは、強靭な意志を感じさせる相のせいかもしれない。それと、おのずから外にあらわれる才質と自信のせいかもしれない。

昌幸は、武田信玄の奥小姓として仕えていた少年時代から「識量、人に超ゆ」と言

われた才幹である。その評価にたがわず、今日では、小県、佐久郡を領して四万石あまり、長篠敗戦以来、退潮をつづける武田家にあって、この北方だけはびくともさせないで守っている。それどころか、昨年の暮れから今年の春にかけて、上野《こうづけ》に進出し、沼田を奪取する等、武田家のために、ただ一人、万丈の気をはいていた。

二、三年前、川中島に進出した上杉景勝は、昌幸に手厳しい反撃をうけて退却し、

「真田の守りの固さよ、甲斐は勝頼に代替りしたが、信濃にはまだ信玄が存世かと思われる」

と、感嘆したという。つまり信玄時代の精強武田は、真田軍に残っているというのだ。

昌幸は、むろんただ豪強な武将というだけではない。謀略にも長けている。上杉氏の鋭鋒を避けるため、遠く北陸を北上している柴田勝家と手を結んだ。上杉氏が真田を力攻めに攻めきれないのは、そのためである。

この柴田、真田の提携は、武田勝頼も知らないことだ。それにしても外交はすさまじい。武田勝頼と織田信長が互いに蛇蝎の如く憎悪しあってしのぎをけずっているとき、その家臣同志がひそかに手を握りあっているとは。

昌幸の顔があがった。書状を手にしたまま、鬼外と曾呂をこもごもに見た。目が細

くみえるのは、頬骨が邪魔しているためかもしれない。

「柴田殿の御厚情、昌幸、心から嬉しく存ずる。その折が参れば、万事、よしなにお頼み申す、と昌幸が申していたと伝えてくれ」

「承知致しました」

鬼外は、深くうなずき、ちらと曾呂にふりかえって言った。

「しばらく、この娘をお預かり願えませぬか。実は、内々のことでございますが、武田滅亡後は、滝川一益さまが関東代官として、御内定とのこと、滝川さまは、柴田さまとは義兄弟のちぎりを結ばれております。滝川さま代官となられましたら、曾呂が、滝川、柴田の連絡に走りますゆえ、このあたりに慣れさせておきとうございます……」

「…………」

「いやいや、真田の殿の監視などではございません……。こちらさまに厄介中は、真田の殿を、主とせよと申しております。技は、まだ未熟なれど、走り使いのほどは役にたちましょう。お使いください」

「忍びの者がわしを主人と思うか。されば喜んで、預かろう」

忍びの者は、雇用関係にあるとき、無二の忠実な使用人となる。その信用があるからこそ、大名も、軍事、外交の秘密、もしくは恥部ともいえる面において重用するのだ。

「さっそくの御承知、ありがとうございます」

「長屋は、おって沙汰致す」

「不束者ですが、よろしゅうお願い致します」

鬼外と曾呂は、会釈し、

「では、それがしはこれにて」

と、一膝ひきさがり、畳一枚をあげた。曾呂、つづいて鬼外が吸いこまれるように、畳のかげにはいり、同時に畳は音もなくもとどおりになった。

昌幸は、一人になると、改めて柴田の書状を目をとおしておこうと思った。書状を手にしたとき、人の気配に目をあげて、おう、と驚いた。

若い女が部屋のすみに座っている。

「曾呂か?」

「はい……」

「うーむ……」

色白の、小袖を着た美しい女中衆の姿である。目鼻立ちは、ついさっきまで鬼外の後にひかえていた色の浅黒い女忍びのものであった。

「不浄の火を使う外法の者がいました。父が仕置しました。外法者は、ひたすら世の人を憎み呪う狂女だとのことでござります」

といって曾呂は、ふと耳をすませた。

「若君のお帰りです。わたくし、どう致しましょうか」

「そうだな……」

昌幸は、ちょっと考えてから言った。

「好きなように。いてもよし、消えてもよし」

「それでは、お呼びになるまで……」

曾呂は、ふわっと飛びあがり、天井裏へ消えた。

昌幸は、曾呂の白いふくらはぎを見たような気がした。

三

信幸と幸村は、父の居間の前の縁にきて、鼻をうごめかした。物の焦げるキナくさい匂いが、内からただよってきていた。

「父上っ!」

「二人ともきたか、はいれ」

落ちついた昌幸の声がした。

「はっ」

と、明り障子をあけたとたん、煙が、もうっと信幸の顔をうった。

同時に、火桶の上で、ぱっと火がついた。昌幸が、すこし顔をそむけながら、火のついた紙をもっていた。

信幸は、ふっと外法の老婆の呪いの言葉を思いだした。

〈弟は父を殺し、兄は弟を殺す……〉

信幸は、一度、口の中でつぶやいてみて、あわてて打ち消した。

〈そんなことがあって、たまるものか！〉

幸村とも、決してありえないことと話しあい、聞かなかったことにし、一切、口外するまいと誓いあったことだ。

昌幸は、座れといいながら、紙の火をすばやく手でもみ消した。

「父上、熱くないですか？」

幸村が、目をまるくして昌幸を見た。

「熱い、むろん熱い」

昌幸は、手の平を軽く叩きあわせながら、笑った。さっきのすばやいもみ消しも、熱いためだろう。が、すこしもあわてた様子はなかった。

「信幸、幸村……」

昌幸は、双子のようによく似た二人の息子に目をすえた。もちろん双子でない。だから双子によくあるようにまったく見分けがつかない、というわけではない。それに、人間の型も違っていた。

信幸は、着物の襟元をきっちりとつめていた。幸村は、だらしない。身装などかなりかまわない型だ。

そうした服装の違いは、性格にも表われていて、信幸は、沈着、冷静、老成の風があった。いかにも嫡男にふさわしい。幸村は、才気煥発、俗にいえば、やんちゃな次男坊、であった。

〈こうも、性格をかえるものか……〉

昌幸は、しみじみとした視線を、信幸の襟元へあてた。

信幸は、胸もとに、赤痣があった。襟もとをひきつめるのは、それをかくすためであった。その痣を意識しだしてから、信幸は、陰気とはいわないが、重ったい人間になった。

「父上、なにか……」

と、幸村が、うながすように言った。

「おう、そうじゃ……」

昌幸は、我にかえって、改めて、二人を見た。

「両人とも、お屋形のもとへ行け」

「………」

二人は、顔を見あわせた。

「甲斐へ、ですか？　兄上も……」

幸村は、不服そうに言った。信幸も幸村も勝頼の近習だったが、信幸は嫡男なので父を見習えと今年はじめに帰されていた。信幸は戻らなくてもいいはずだ。

幸村は三か月ばかりの暇をもらって帰ってきていた。幸村の休暇はまだ一か月ちかく残っていた。そろそろ甲斐へ戻るとしても、幸村が不満そうにしたのは、近ごろの勝頼の周囲は、じめじめと陰気で、そのくせいらだたしい空気がただよい、皆怒りっぽく、それが幸村にはたまらなくいやであった。できるなら、甲斐へは帰りたくなかった。

「人質でもある」

けてやる」

「二人とも、後々、悔いることなきよう、奉公してまいれ。木村土佐と百五十人をつ

「…………」

「武田は滅ぶ……」

「人質?」

昌幸は、天井を見あげて、曾呂、と声をかけた。二人がいぶかしげに昌幸の視線を追った。

「父上っ」

幸村が叫んで、とびのき、父の前に立ちふさがるようにして、座っていた場所を睨みつけた。信幸も、思わず腰を浮かした。

畳が、立ちあがった。畳がもとにもどると、若い女が座っていた。天井にいるものと思っていた曾呂が、床下から現われた。昌幸も目を見張る思いであった。

「曾呂という。見知りおけ」

信幸と幸村は、微笑む曾呂をまぶしそうに見ていた。

天正十年の年があけた。

木曾谷の木曾義昌が、甲斐へ正月の祝賀にこなかった。前々からとかくの噂のあっ

た男である。調べてみると、義昌は、安土の織田信長のもとに拝賀にでかけていた。

二月二日、武田勝頼は、一万五千の兵をひきいて、木曾討伐のために新府城を発向した。

一日おくれて三日、織田信長も、木曾救援とあわせて、かねての計画どおり、武田討伐の軍をおこした。

織田方は、木曾口、伊奈口の二方面より信長の嫡男信忠が五万の兵をひきいて進攻をくわだてた。駿河口からは徳川家康三万五千の兵。関東口は北条氏政、三万。かつて信玄が上洛しようとしたとき、上洛軍に兵を馳走した北条氏も、いまや武田攻めに加わっていた。

二月五日、織田信長は安土を出陣、木曾口に向かった。

勝頼は、諏訪に着陣し木曾義昌を福島城に攻めた。が、武田兵の士気は極度に低く、戦果はあがらなかった。そうこうするうち、織田軍は、六日、伊奈谷の入口の滝沢城を降伏させたのを皮切りに、十六日には飯田城を攻略して、伊奈谷を制圧した。

これに力をえた木曾義昌は反撃にうつり、織田信忠の兵とともに鳥居峠にすすんで、勝頼の将今福昌和の浮き足だった兵を一叩きして敗走させた。

駿河口でも二月十八日徳川家康は浜松城を出陣し、二十日、駿河田中城に寄せて依田信蕃を落去せしめた。三月一日には、武田の東海方面軍の総大将である江尻城の穴山信君《のぶきみ》（梅雪）を誘降した。

穴山信君は信玄の甥で、勝頼の妹聟であった。武田一族の腰のなさは穴山信君ばかりでない。武田信豊も信玄の甥であったが、虚病をかまえて信州へ逃げだし、頼った先の者に殺された。また信玄の弟、武田信廉《のぶかど》も逃亡して織田軍に奔ったが、嘲笑のうちに首をはねられた。わずかに、勝頼の弟仁科信盛が高遠城を死守して討死にして武田の面目を保ったにすぎない。

こうした情報が諏訪の勝頼の陣に伝わると、陣中の動揺ははげしく逃亡兵が続出した。もはや木曾討伐どころではない。勝頼は、軍を返して新府城へ逃げこむように帰陣した。新府出陣のときの一万五千は、帰陣したとき、たった二千に減じていたという……。

「信幸さまも幸村さまも、凍えて、物を言う気力もなく、ただぼうぼうと帰城されました」

曾呂の報告に、昌幸は、

「敗戦も薬だ……」

と笑った。それから、突如、昌幸は立ちあがり、

「甲斐へ行く、隠れてついて参れ」

といい、数人の侍の名を大声で呼びながら縁板をふみならして厩へ向かった。

四

戸石城から新府城まで、昌幸は一騎駆けに駆けつけた。従う家臣は、昌幸とともに五、六人、後を追う者十人たらずであった。

「上田の真田さま、御参着……」

の報が伝わると城兵たちの間に歓声があがった。いまや新府城には、城を見すてて去る者はいても、来る者はいない。そこへ、北辺を守って微動だにさせない昌幸が駆けつけてきたのである。城兵が喜んだのも当然である。

昌幸は、さっそくに勝頼に迎えられた。

「安房……」

勝頼は、一声、声をあげたとたん、はらはらと涙を流した。その涙は、今日までの勝頼の気持ちを語るのに千万言をついやすより、よく語っていた。

列席の者は、勝頼の嫡男信勝、典厩信豊、跡部勝資、長坂長閑、小山田信茂、浦野幸次らの一族長臣らである。信幸、幸村も、昌幸がきたことで、特に許されて末席に列していた。信幸は生真面目な表情で昌幸の方を見ようとしなかったが、幸村に、にっと笑いかけた。

「お屋形、今後のお見通しは？」

「………」

勝頼は、弱々しい微笑をうかべて、首をふった。

哀れな、と昌幸は思った。列席の者たちは、昨日まで華々しく傲岸に武田家をきりまわしていた者たちである。それが、いまや茫然自失、なんの策もなし。

〈ない！　なにもない！〉

「お屋形っ」

と、昌幸は、膝ですりあがって声をはげまして言った。

「いまや、戦いに利あらず、されば、思いっきり後退なされて、陣をたてなおされるほかなし。お屋形、我らが持ち城、上野の岩櫃城までお退きなされませっ。岩櫃は山岳重畳、天嶮《てんけん》の要害、たとえ二十万三十万の大軍が寄せてまいりましょうとも、一年二年、それがし見事に持ちこたえてみせます。さするうち上杉どの、葦名どの、佐竹どの等々と糾合し、後詰めたまわれば、長駆の織田兵は戦に倦み、御開運も両三年がうちでござりましょう！」

「上野か……」

勝頼は、遠くを見るような目を宙に放った。憔悴しきった無気力な表情であった。が、

「上野か……」

と、ふたたびつぶやいたとき、勝頼の目にようやく、明るい色が宿った。

「よし、参ろう」

「参られますか」

「頼りに思うぞ」

「はっ……、ありがたきしあわせ」

昌幸は深々と頭をさげた。

「さればそれがし、さっそくに戻り手配いたして、お待ち申しあげまする」

それから、御前ながら失礼と断って、信幸、幸村に激しい声で声かけた。

「信幸、その方は、幸村ならびに木村土佐ともども生命にかえて、お屋形をお守り致し、岩櫃《いわびつ》城へ御案内いたせ。よいか、生命をおしむな、名をおしめっ」

昌幸は、勝頼の前をさがると、木村土佐の城内陣場へ行った。

「殿っ、なんという、うつけた事を！」

土佐は目をむいて怒った。

「真田浮沈のときでありますぞ！　お屋形が岩櫃へ参られては、真田も共倒れでござりますぞっ」

「まこと、まこと、お屋形が参られたら、そのときは死に絶えてもよし。家は残らずとも、名は残る……」

「なにを世迷い言を……。一介の侍なら、それも美しゅうござるが、殿は真田の棟梁でございますぞ、武辺同然の青くさいことは言ってはおれません」

「土佐、まあ、これを……」

と、昌幸は、一片の紙をさしだした。それは、

「――之為仍而如件」の末尾のきまりきった文句と柴田勝家の署名花押、真田安房どの、まいる、の三行の文字の残る、燃えさしであった。

「………？」

「曾呂」

昌幸は、低い声で言った。

曾呂が、羽の軽さで天井から舞いおりた。

「この燃えさしを、長坂長閑か小山田信茂あたりに売りつけて参れ」

曾呂はうなずき、紙片を受けとると、ふたたび煙の軽さで天井へ舞いあがり、消えた。

「なるほど……」

と、木村土佐は、感に堪えた声をあげた。

「殿という御方は……」

「しかし、土佐、お屋形があれを御覧になられてもなお、真田を頼ると仰せになれば、そのときこそは、昌幸、粉骨の労をとるぞ」

さらに、昌幸は、もしも……、と言った。

「もしも、お屋形が昌幸をおにくみになられたら、その方、信幸、幸村らは、大事に至るであろうな……」

「仰せごもっとも……。それがしも、この生命、殿にお預け致しておりますれば、殿の御存分に……。若お二人のうちいずれかは、必ずお手許へ」

それから間もなく、昌幸は、ふたたび馬上の人となった。今度は、十四、五騎一団となって城門を駆け抜けた。そのときは、はやくも、城兵の間に、

「岩櫃へ行くそうだ。岩櫃には織田方を一泡も二泡もふかせる策略があるそうだ」

と、ひろまり、

「真田さまなら、華々しい合戦もみられようぞ」

という声があがった。

いや、はやくも、昌幸のあとを追いだした侍もあった。

五

上州吾妻の山中を、二十人ばかりの軍団が行く。沼田から中之条へ直線に行く道だ。細く曲がりくねった山道で、二人とは並べず、雪が凍って残っていた。

一団のなかほどを、二騎、頭分らしい男が前後して山道をのぼっていく。

海野兄弟である。兄は幸光、弟は輝幸。上州吾妻の侍で、真田の沼田攻めのとき、真田を助けた功により、真田配下となって沼田城を預かる城代となった。

「兄者、休もう」

と、先を行く輝幸がふりかえった。

「もうか、すこしはやすぎはしないか……」

「くたびれたくたびれた。行きとうない、と思うと、この道中、甚だ難儀だ」

輝幸は、休止の命令をだすと、馬をとびおりた。幸光は、仕方がないと苦笑しながら、これも馬をおりた。

五、六人の兵が休み処を設け、火を燃やした。用意の酒も温めだした。一応の設営がすむと、

「あとはよい、おれがする」

と、輝幸は、従兵を追いはらった。それから、まだ温まってもいない酒を椀につぎながら言った。

「兄者、火急の事とは、なんだと思うか」

二人は、真田昌幸の呼びだしで岩櫃城へ行くところであった。

「真田め、かくしているが、お屋形が岩櫃へくるという噂だ」

「昌幸がお屋形にすすめたという」

「なあ、兄者、武田は、もうおしまいではないか。甲斐をすてて岩櫃の小城に逃げこまねばならなくなっては……」

「…………」

幸光も、すこしぬるい酒を椀にみたしてとりあげた。

「いまや、武田を見限るときではないか。上杉にしろ北条にしろ、おれたちが顔をだせば喜ぶぞ。沼田が土産だ……。いつまでも信州の小侍にこきつかわれていることはない、とおれは思うが……」

「それは、喜ぶだろうな、上杉も北条も」

「兄者、戻ろう。おれたち海野一族が、家をおこすときだぞ、いまは！」

「まてまて……。それは考えが浅い。お屋形が岩櫃へくれば、織田が攻めてくる。そのときまで待て。上杉は先細り、北条は織田の沓をなめている。そのような奴に安く身売りすることはない」

「なるほど……」

「一刻の辛抱だ。いまは、真田の鼻息をうかがって猫かぶっていればよい。いずれ……」

「わかった、さすがは兄者だ。寄らば大樹という言葉もある。織田か、織田なら、頼り甲斐がある。兄者、海野一族将来のため祝盃……」

輝幸は笑って、椀を口もとへもっていった。そのときであった。

数発の銃声がした。

「うっ！」

と、輝幸が呻いた。椀が割れて、白い酒が飛びちった。輝幸は、何がおこったのか信じられないというように、片割れの椀をもったまま座っていた。一瞬、座ったまま、片割れの椀をもったまま、

「ううっ！」

と、もう一度呻いた。そのとたん、口からどっと血を噴きだした。が、気丈にも立ちあがり、刀を抜いた。

幸光が、胸をおさえて、立ちあがろうともがいていた。

海野の従兵たちが、喚きながら右往左往している。

「殿っ！」

と、数人が、海野兄弟のもとへ駆けつけた。

ふたたび、数発の銃声がした。海野兄弟を囲んだ軍兵たちが、ばたばたと倒れた。

「何、何奴……」

幸光が、地を這いながら、呻くように言った。

「あっ！　敵だ！」

従兵の仰天した、鋭い声がした。

山の斜面から、二十人ばかりの一団が、駆けおり、突っこんできた。それは山立風の藁兜をかぶり、腰藁をつけた一団であった。手んでに山刀や猪槍をふりかざしていた。鉄砲を逆さまに持ってふりかぶっている者もいる。

海野兄弟を守る軍兵と得体のしれない集団が、ぶつかった。

あっというまに軍兵が、はじきとばされた。

海野兄弟が、集団に包みこまれた。——と、集団は、黒い風の固りのように去っていった。あとには、鉄砲傷で倒れていた幸光も、いくらか抵抗した輝幸も、なますのように斬られ、突かれて、びくともせず転がっていた。

岩櫃城は、軍兵が集まり、兵糧を運びこむ人夫や垣を結う雑役夫、館を建てる大工等で喧噪をきわめていた。武田勝頼を迎える準備である。

昌幸は、大手門の手配りなどに目を光らせながら馬をすすめていると、城主の矢沢頼綱が迎えにでてきた。

「宗家、海野兄弟を襲うた奴どもは、皆目、わからぬ……、生き残りの海野の家来どもに聞いても、あれこれ言うて、とんとまとまりがつかぬが……」

矢沢頼綱は、生真面目な顔で言った。頼綱は昌幸の叔父である。甥の昌幸を宗家と呼んで、尊敬していた。

「宗家、探索は打ちきりたいが……」

「さよう、いまや下手人を探す暇はありませんな」

昌幸も、しごく真面目な顔で言った。

「叔父上、家来衆は、ただちに動かせますかな?」

「宗家の下知のままに」

「では、沼田へ行ってくだされ。主人不在の城は、こころもとない。いま、沼田を守れるのは叔父上のほかはありませんでな」

「嬉しいことを言われる。期待にそうよう努力いたす」

頼綱は、頭をさげて、その場で使番に、一刻の後、沼田へ行く、支度せよ、と命じた。

「あとは、常田の叔父にまかせようと思うが、叔父上、いかがなものか？」

「図書介は、鈍重者、守りにはもってこいの男、よろしかろう」

頼綱はそう言って、周囲を見まわしてから声を殺して言った。

「海野兄弟は、真田にとって仇であった。功をいたてて、のさばりおった……」

「叔父上……」

頼綱は、意味ぶかい顔で笑った。

「実はな、真田が火事場泥棒いたしたのではないかという者もいた……。このこと、甲斐の方への聞こえはいかがなものかな？」

「木村土佐がおりますから……」

昌幸も、頼綱の笑いに応えて笑った。

「真田も、天下の真田という、兄一徳斉（幸隆）どのの夢を、おぬしによって果たせるかもしれぬな……」

頼綱は、強い感懐にとらわれたのか、宗家と呼ぶのを忘れて、おぬしと呼んだ。そのおぬしには、血のつながる温もりが感じられた。

六

勝頼は、真田昌幸宛柴田勝家差出しの燃えさしの書状をもった手をふるわせた。

その手を、長坂長閑、小山田信茂、典厩信豊も見ていた。燃えさし書状は、昌幸は異心を抱いている証拠として長坂長閑が見せたものであった。

〈昌幸、おまえもか！〉

と、勝頼は、叫びだしたかった。誠意を面にみなぎらせて、上野岩櫃城へ招いた昌幸を思えば、一層、腹がたった。が、それを必死でおさえ、歯ぎしりする思いでいった。

「敵将からの誘いの書状など、珍しくもなかろう……」

そう言いながら、勝頼は、自分でも屁理屈に思えた。だが、さらに言いたした。

「その方らとて、一度も誘われたことがないと言いきれるか？」

勝頼には、昌幸に頼り上野へ行くのが、回天のための最良の方法だと思えた。

しかし、皆は、そうは思っていない。小山田信茂は、自分の領内へ逃がれよう、という。信茂の所領は、同じ甲斐の国、郡内と呼びならわしている都留郡のうちで、その居城は岩殿山城。岩櫃に勝るとも劣らぬ名城であった。

「所詮、死ぬる生命なら、他国よりも自国内で死にましょう」

という。長坂長閑も、いま火急の用でちょっと席をはずしている跡部勝資も、それに同意していた。

「そのよう、仰せられては、もはや、我ら何も申せなくなります」

と、長坂長閑が言った。

いらだった気まずい沈黙が一座を包みこんだ。

跡部勝資が、勝頼御前も忘れたように、あわただしく戻ってきた。

「お屋形！」

跡部勝資は、大きく息を吸いこんだ。

「沼田の海野兄弟が、殺されましたぞ！」

「なんと！」

「岩櫃城へ向かう途中の山中で、何者ともしれぬ集団に襲われて……。そして沼田には、矢沢頼綱がはいったそうです」

「昌幸だ！　賊は昌幸にちがいないっ」

長坂長閑が叫ぶように言った。

「跡部どの、間違いないか」

「海野の兄の方の子が参じております」

「お屋形……」

「うむ……」

「海野兄弟が、何故、殺されたか、お考えくだされっ」

勝頼は、いま一度、燃えさしの書状を見た。真田一族で占めてしまった北信濃北上野の広大な真田所領が、勝頼の眼前に浮かんだ。

「斬れっ！　信幸、幸村兄弟を斬れっ！」

「お屋形！」

「明朝、立退くぞ、信茂、頼むぞっ」

「はっ！」

小山田信茂は平状した。

曾呂は、木村土佐の寝間の障子を蹴たおして飛びこんだ。はっと目をさました土佐

に、

「若殿が危ない！」

と、叩きつけるように言うと、風を巻いて走り去った。

信幸、幸村の長屋へ飛びこんだ。

「起きなされ！」

曾呂は、二人の夜具をはいだ。さすが、二人とも着物を着たまま刀を抱いて寝てい
た。

「織田かっ」

幸村が叫んでとびおきた。

「討手？　何者か」

「お屋形っ」

「まさか……」

「早く！」

曾呂は、表へ飛びだした。つづいて幸村も飛びだして、

「なんだ、あの松明は……」

と、叫んだ。松明が、火の粉を散らして、やってくる。

「討手ですっ」

「討手……。親父が死ねといったのは、このことか」

「若殿、死んでたまりますか」

「おう！　あれは土屋右衛門尉ではないか」

松明の下に、小具足をつけた若武者の顔が見えた。

「若殿、早くっ」

「よし、朋輩のよしみ、相手になってやる」

「あほっ！」

曾呂は、思わず叫んで抱きついて止めた。

そのとき、松明が乱れ、怒号があがった。松明の前に黒い集団がたちふさがった。

つづいて、幸村の周囲にも、たちまち黒い人の影が壁をつくった。

「若殿っ」

「おっ、木村の爺……」

黒い集団は、木村土佐のひきいる百五十人の手勢であった。

「信幸さまは？」

「あ、世話のやける！」

曾呂は、長屋の中にとびこんだ。間なしに信幸の腕をひっぱってでてきて、

「臥床をかたづけておいででした」

「ほう、それはそれは……」

土佐は、笑いだした。

「ゆるゆる参りましょうか」

土佐は、手勢で信幸、幸村の周囲を厚く囲ませた。

城兵が、遠巻きに包囲していた。石垣の上にも、火縄の火がちらちら見える。指揮者が盛んにけしかけている。が、城兵の動きは鈍い。

「皆の衆！」

土佐は大音をあげた。

「上田、岩櫃でお待ちしておりますぞ！」

土佐は、進め、と手勢に命じた。百五十人一団となって動きはじめた。

「射てっ射てっ、射たんか！」

頭上から、かなきり声が聞こえてきた。

轟々たる銃声が、天地をゆるがした。

が、土佐の手勢は、平然と、進んだ。わずかに、三発の弾が飛来したばかりであっ

た。銃口があらぬ方向に向けられていたのだ。

囲みが、ぐずぐずとくずれるように行手を開いた。大門、中門、小門のすべてに警備兵がいたが、そのすべての門がやすやすと通過できた。

指揮者の激しい叱咤をうけて、土佐隊の前に立ちふさがろうとした一隊もあったが、土佐隊が進むと、じりじりと後退した。

城内と城外をわける最後の門、韮崎口門も何の抵抗をうけることなく、通過した。

土佐たちは、さすがにほっとした。

「お家の滅ぶときは、こういうものか……」

人数が、多くなっていた。しらべてみると、なんと三百人をすこし超えていた。

信州佐久郡と甲州をわける信州峠をのぼりきったとき、夜が明けた。

「お城が燃える！」

軍兵が口々に叫んだ。

まだすこし暗い下界に一点、小さな火の手があがっていた。

七

昌幸は、縁先にでた。縁板が暖かくぬくもっていた。今年は、春になっても寒気がきびしく、三月一日の寒さはことのほかで織田の雑兵十数人が凍死したというすさまじさであった。が、いま三月も中旬、いたっておだやかな春日和であった。

庭に、男が控えている。

「聞こう」

と昌幸は言った。

「お屋形さま、御生害になりました」

「そうか……」

昌幸は、一瞬、胃のあたりに痛みを覚えた。

さる三月三日、勝頼は、新府城を焼いて、小山田信茂の岩殿山城に向かって東行した。したがう者、一切がっさい五百人という。

やがて勝頼一行は、この峠をこせば郡内、小山田の所領だという笹子峠までたどりついた。落ちゆく者なので、一刻も早く安心の地へと休みもとらずのぼりかかったところへ、突如、小山田信茂の兵に襲撃された。

あの、昌幸を退け、万事まかせてくださいといった、小山田に、である。

勝頼は驚いて退き、天目山に拠ろうとした。が、それまでかろうじてふみとどまっていた軍兵が、逃散してしまった。あとには、侍四十一人と足腰の弱い女衆五十人が残った。やむなく勝頼は、天目山の入口の田野という村の一民家をかりてかくれた。

三月十一日、かくれがは、滝川一益、河尻秀隆の兵に囲まれた。

四十一人の侍は、百倍の敵にむかって戦いを挑み、一戦に果てた。その間に勝頼は夫人を刺し殺し、嫡男信勝とともに自尽した。三十七歳。

五十人の女中衆も、勝頼夫妻に殉じた。かつて信玄の遺臣たちに最も嫌われていた長坂長閑も勝頼に殉じた。

「お屋形さま御辞世は、――朧なる月もほのかにくもかすみ、晴れてゆくへの西の山のは……、と聞きおよびました」

「御苦労であった。しばし休め」

昌幸は、労った。

男が去ると、周囲は、しんと静かになった。

昌幸は、ふと目をあげた。春のやわらかい光の中に、蓼科の白銀に輝く山々が浮かんでいた。

春のものうい静ごもりの中に、天下にその名をはせた名家の滅亡を聞いた。庭石の上にたつ陽炎のようにはかない思いがした。

最後にあったときの、憔悴しきった勝頼の顔が浮かんでくる。

〈おれが殺したようなものだ……〉

昌幸は、ふっとそんな気がするのだ。

書院にもどった。一瞬、ぎょっとなった。勝頼が、うずくまっているような気がした。それは勝頼でなく、いつのまにきていたのか、鬼外が、部屋のすみに座っていた。

「真田の殿、終わりましたな……」

「……」

「小山田ですが、打ち首ときまりました……。信茂は、勝頼公のかくれがを訴えでて恩賞にあずかろうとの心算でしたろうが、織田公は、長田と同じ悪しき心根なりと仰せられて、御立腹、首をはねよ、と命ぜられました」

長田とは、源平の昔、平治の乱で敗走した源義朝が頼った旧臣の尾張の長田忠致である。忠致は頼ってきた義朝の首をうって、平清盛に献上した。

「しかし、真田の殿は、見事に事をはこばれましたな、鬼外、感服つかまつりました。殿の世上の評判もよろしいようで……」

「そのことは、言うまい、お屋形は、わしより一歳御年長であった。幼いころは、仔犬のようにじゃれあったものだ」

昌幸は、眉間に皺をつくった。

「これは至らぬことを申しました……」

鬼外は会釈して、表情を改めた。

「話はかわりますが、柴田さまの仰せようでは、信長公は、ことのほかの馬好き、このこと、真田の殿のお耳にいれておいてもらえ、とのことでした。また、滝川どのは、刀剣を好まれるとのことでございます」

「柴田どのの御高配、いたみいる……。くれぐれもよろしく伝えてくだされ。滝川どのので思いだしたが、娘御には、大層、世話になりました。遅うなったが、礼をいいます」

鬼外が消え去ると、ふたたび、昌幸の周囲は、憂愁の気配がただよった。

が、昌幸は、いたずらに感傷にひたってはおれなかった。

武田のことは終わった。が、真田のことは終わっていなかった。織田の動きがわからなかった。信州小県一郡、上州吾妻、利根の二郡を維持するのは大変なことであろう。

真田が生きのこれるかどうかは、これからの勝負であった。

八

真田館の大広間には、まだ酔客が残っていた。

矢沢頼綱、常田図書介の叔父、弟の加津市右衛門、家老衆の木村土佐、鈴木主水、それに武田滅亡後一族をあげて昌幸に臣従を誓った弥津一無斉。皆、かなり酔っていた。昌幸も常になく上機嫌である。

「めでたい……」

と、一人が言えば、皆が和した。

めでたいはずだ。昌幸の五女と関東管領滝川一益の嫡男三九郎との婚約がまとまった夜であった。ようやくのこと所領を安堵された真田家が、婚姻を通じて滝川一益と強い結びつきができたことは、

「これで、真田家も万々歳じゃ……」

ということであった。

「のう、考えてもみよ。宗家が信長にあいに行くというまでの心配、行ったら行ったでまた心配じゃ、首をはねられはせぬか、とな……、いまや、その心配もお笑いぐさとなったわい」

矢沢頼綱は、日ごろ無口な方だが、酒がはいると能弁になる。

「しかし、意外であった。籠城旗おしたてていた真田一族が許されるとはな……」

加津市右衛門が、しみじみとした声で言った。

「戦いもせず逃げだした者すら、ひきずりだされ、火焙り、磔、甲信の地を血で染めた。なのに、真田家がおとがめなしとは……」

「うむ……」

昌幸はうなずきかえして、薄氷を踏む思いの日々であった二か月ほど前のことを思いだした。

真田家が信長に所領を安堵されたのは、柴田勝家の口ききであった、と思う。また、柴田の弟分である滝川一益の執りなしもあったろう。

だが、信長という大将は、家来たちの言うことなど聞こうとはしない人物である。自分の鑑定を大事にする大将だ。その鑑定に合格したのは、昌幸の、たやすくは降らぬぞという気概ではなかったろうか。滝川一益に聞いたことだが、信長は、つねひごろ、

「武士はいさぎよく、すがすがしくあれ」

と口癖のように言う人だという。主人を訴えでて我が身を助かろうとするような小

山田信茂のような人間を、一番嫌うという。

信長は、孤立無援の小城ながら、最後まで武田の旗をたてていた昌幸を、いさぎよくすがすがしい武士とみたのだ。それに加うるに筆頭家老柴田の口添えがあって、昌幸をとがめだてはしなかったのである。

所領安堵後、昌幸は、厩橋に進出して、中仙道方面総司令官ともいうべき関東管領となった滝川一益の配下に組みいれられた。

「そこが、宗家の腕よ……」

矢沢頼綱は、加津市右衛門の言葉をひきとって言った。

「わしのみるところ、宗家は、親父どのより一枚も二枚も上とみた。のう、図書介、おぬしは、どう思う?」

頼綱は、大きく身体を傾けて、常田図書介に声かけた。

「そうよなあ……」

「なんじゃい、はきとせんか……。兄の一徳斉も、わしやこの図書とちごうて一廉の男ではあった。が、宗家は、その上をゆく」

「叔父上、すこし褒め転ばしがすぎませんか」

昌幸は、苦笑した。

「馬鹿を申せ。褒め転ばしなどせぬ、事実を申しておる。のう弥津一無斉どの……」

「兄者、いったい信長公は、どのような大将か？　お目見えしたとき、どう思った？　信玄さまとはちがうか？　家来どもは信長公を恐れること魔王の如し、というではないか。信玄公も恐ろしかった。が、信玄公は、自らなる威があった……」

「さよう……、どちらかといえば、信長公の方が陽気ではあるまいか。信玄公は喜怒哀楽を面にあらわされぬお方であったが、信長公は、おかしいときは大声で笑うお方だ。怒れば、髪も逆立つ……」

柴田勝家、丹羽長秀、明智光秀、羽柴秀吉、滝川一益そして織田の盟友徳川家康が恐れながらもよく仕え、裏切らないのも、信長の、からっとした陽気さではなかろうか。

昌幸が、信長に目通りしたのは、二か月と十日ほど前になる三月二十日、諏訪の陣所であった。

信長は美男であったが、全身、刃物のような感じであった。しかし、その猛々しく鋭い感じが、昌幸にはさほど不快ではなかった。むしろ、天下布武を宣言して天下統一をすすめる武将とは、かくもあろうかと思った。

それに許されたからいうのではないが、信長には、猛々しいなかにも、どこか磊落《らいらく》な、広さを感じさせるものがあった。信長は、降将である昌幸とも、小姓二、三人をひきつれたばかりで、気さくにあった。そこが謹厳で峻烈、近づきがたい信玄とはちがっていた。

「おれは、悪い大将ではないと思う。たしかに酷薄な面もあろうが。酷薄といえば、戦国の世に生きる者は同然よ……」

「そのようなことはどうでもよい……。管領とは縁つづきになる。滝川の寄騎大名のうちでは、真田が一番の覚えめでたいわけだ……。市、そろそろ謡わぬか」

矢沢頼綱は市右衛門をうながして手拍子をとりだした。

「そうじゃ、それがし鼓をつかまつろう」

と、弥津一無斉が言った。

給仕小姓の一人が、鼓をとりにいくため、戸の前に立った。そのとたん、わっと叫んで転がった。

黒い影が、小姓をつきとばして飛びこんできたのだ。

小広間につったったのは忍びの者であった。

「真田の殿さまっ、天下の一大事！」

忍びの者は、かなきり声をあげた。

「曲者っ！」

と、外で叫ぶ声がして乱れた足音がおこった。

酔客が脇差に手をかけた。

「曾呂か！」

木村土佐が叫んだ。

「あっ！　まてまてっ！」

土佐は、駆けつけた城番侍を制した。

「何事か？」

「信長公が殺されましたっ」

「…………」

曾呂は、包みを土佐に投げつけるように渡すと、

「御免、急ぎますっ」

の声を残して、消えた。

織田信長、信忠の父子が、明智光秀に殺された。

曾呂が届けた柴田勝家の書状は、信長の横死を伝えていた。

〈信じられぬ！〉

一座の者は、書状を回し読みして、酒の酔いもさめさせて驚きいった。

上杉、北条の大軍が、怒涛の如く信州、甲州、また、上州へ進軍してくる光景が、昌幸の脳裡を駆けめぐった。真田は、両家に憎まれている。信長の保護を失った……。いったい、どうすればいいのか！

昌幸は、突然、立ちあがり、天井をゆるがすほど笑いだした。それから、使番、と大声で呼びつけた。

「総登城の触れ太鼓を打てっ。台所方に、ありったけの酒をだせと伝えよ、たらずば、家中の者たちに持参させよ…、今宵は、真田の上下をあげての祝いの酒盛りよ…」

「兄者！」

市右衛門が、驚いて見あげた。

「皆の者っ、人の世は、生死不明……。ましてや戦国の世。天下殿が一瞬のうちに亡くなられたとて驚くにはあたらぬ。さてさて、面白き世の中ではないか。真田は、甲州崩れで世におどり出た。このたび、織田の京崩れで、真田は、世に重き家となろう。大祝いぞ、今宵は、飲み狂うてよし！」

昌幸の頬に一筋光るものがあった。無常観の涙であった。

表裏の者

一

信長のあとを誰が継ぐか。

「光秀を討ちとった者ではなかろうか……」

戦国時代に生きている者なら、大体、答えは同じだろう。では、誰が光秀を討ちとるか……、これはわからない。

信長の遺子に、二男の北畠信雄、三男の神戸信孝がいる。

家臣の実力者は、柴田勝家、丹羽長秀、羽柴秀吉、滝川一益の四人。

それから、客将で、信長が一目おいていた徳川家康。

以上が、光秀と対抗できる候補者であった。その中から、さらにしぼるとすれば、柴田か、徳川であろう。

〈やはり、柴田どのあたりか……〉

昌幸の予想であった。

滝川一益の上洛軍というより、敗北の引き揚げ軍が小諸に着いたのは、六月の暑い日であった。一益は出迎えた昌幸に、

「打ち負けましたよ」

と、意外に明るい声で言って笑った。

「さすがは北条氏、関東の大豪ですな」

北条氏は、信長が倒れると、さっそく上州へ向けて行動を開始した。敵の弱味につけこむのは、戦国の常道である。

北条氏直は、五万の大軍をひきいて、北上した。それを聞いた滝川一益は、信長の仇を討つために上洛準備中であったが、ただちに兵を出し、神流川まで南下して北条軍と会戦した。北条氏を叩いておけば、自分の留守中の上野も確保できるのではないかと思ったからだ。

だが、一益は、大敗した。大敗した一益は、もはや上州は保てないといさぎよくあきらめ、上州侍たちに人質をかえし、これまでの勤務を謝して、

「これよりは、北条氏に属して、所領安堵を心がけるがよかろう」

といって別れた。

そうしたいさぎよさが、一益を明るいものにしているのかもしれない。昌幸に対しても、

「せがれ婚姻のことで、ずいぶんと北条の心象を悪くされましたろうな……。かくなる上は、解約しかるべしと存ずる」

と、一益は言った。

「何を仰せられますか」

と昌幸は一笑にふした。

「一旦、約束しましたこと、昌幸、解約など毛頭考えておりません。それより、御主君の仇をむくいられて、早々にお戻りください。お待ち申しております」

「嬉しいお言葉よ。しかし、これからは、上杉、北条にはさまれて、何かと御苦労なさるだろう」

一益は、しみじみした声で言った。

一益は、二、三日、兵を休めると、海津城の森長可《ながよし》と合流して小諸をたった。昌幸は、諏訪まで送った。

その諏訪で、一益と別れた直後、昌幸は、羽柴秀吉が山崎において明智光秀と戦い、これを追い、ついに討ちとったことを知らされた。

「なにっ！　羽柴秀吉が……！　羽柴秀吉とは、何者ぞっ」

昌幸は、思わず口に出して言った。

もちろん、昌幸は、秀吉の名を知っていた。ただ、光秀を討ちとるほどの男とも、討ちとれる余裕をもっている男とも思われなかったのだ。

昌幸は、光秀討ちとりの予想をたてたとき、秀吉を、成り上がり者で人々の軽侮をうけているとして退けた。また、毛利という大敵にがっちり組みつけられていて動けず、もし秀吉が上京することがあれば、それは毛利に大敗して追われてのことだろうと思っていた。

まったく意外も意外であった。

〈柴田どの、出遅れたな……〉

柴田勝家は、上洛の途中で山崎合戦の捷報に接すると、信長没後の織田家についての話合いを唱えて、織田家諸大名の清州会合を呼びかけつつ、清州へ赴いた。

織田家は、これより熾烈な後継者争い、内輪もめがおこりそうな予感があった。光秀を討った実績を誇示する秀吉と筆頭家老の面目をかける勝家……。勝家と秀吉は、昔から仲が悪いという。

〈天下は、ごたつくぞ……〉

天下どころか、昌幸の周辺は、いよいよ大変なことになった。織田方のごたつきがいつまでつづくかしらないが、それが終わるまで、信州の辺境には目も向けないであろう。

上州、信州は、北条、上杉の狩場となるであろう。

〈いったい、どうすればいいのか！〉

信長の変報に接したときは、景気のいいことを言ったが、本当の昌幸の胸中は、暗澹たるものであった。

武田滅亡のときは、織田一家との対処であった。今度は、北条、上杉の二家だ。狩人が二人となれば、互いにきそいあって、無茶苦茶な狩り競争が行なわれるであろう。

そして、その狩人がきたことを知らされたのは、やはり諏訪からの帰路、和田峠の風を吹きわける涼しい木陰に休憩しているときであった。

最初の狩人は、越後の上杉景勝であった。

柴田勝家が清州へいって不在のため、西からの圧力が弱まると、上杉景勝は、このときとばかり北信濃に乱入した。信州支配は、謙信時代からの上杉の夢であった。

景勝は、川中島に旗をたてると、

「おれは武田勝頼の妹聟である。すなわちおれは勝頼の弟となる。弟が兄の遺領を受け継ぐのは当然のこと、信州の諸侍も異論はあるまいな」

と、諸豪族におどしをかけた。このあたりの中心であった森長可は清州へ逃げ帰っている。まとまりのない豪族たちは、八千の上杉勢の敵ではない。異論を申し立てようにも力がなく、

「いかにも、ごもっともでござる」

と、次々に上杉に降り、北信四郡はまたたくまに景勝の支配下となった。

八千の上杉軍は、いまや一万五千にふくれあがり、真田の周囲に、ひしひしと圧力をかけてきた。

「面従腹背という言葉もあるな……」

昌幸は、信幸、幸村を前にして言った。

信幸は、この暑いのに、衿元をきっちりあわせてかしこまっていた。幸村は楽々と座っている。

「いやな言葉だ……」

昌幸は、心からいやそうに眉をしかめた。

「だがな、これだけは肝に銘じて憶えておけ。大なる目的があって、面従腹背もその目的のための手段と見極めたときには、懸命に致せ。節操も大事。その大事な節操も、力のかぎり尽さねば、無節操に堕いるぞ。つづまるところ、節操をつらぬくも、面従腹背も生命懸けである」

昌幸は、上杉に降った。

二

北条氏直が五万の大軍をひきいて、戸石城からわずか五里たらずの小諸に着陣したのは、昌幸が上杉に降ってから、まだ一か月にもみたない日であった。

北条氏直は、上州廐橋に滞在して、沼田、吾妻の征服の機会を狙っていたが、信州が上杉一色にぬりつぶされそうな形勢にだまっておれず、動きはじめたのである。

兵力も大きかったが、大将氏直の鼻息もすごかった。氏直は、滝川一益をただの一戦で打ち破って勢いだった二十歳の青年である。図にのった若者ぐらい恐ろしいものはない。上杉景勝が、北条軍を迎えて、戦闘隊形をととのえるため善光寺平まで退くと、氏直は、いよいよもって図にのった。

図にのった氏直は、上杉景勝がそれなりに手順をふんで信州侍を降したのに対して、抜身をつきつけて信州侍を威嚇した。

もちろん、北条氏にも信州を自分のものにするに対して言い分がある。氏直の母が信玄の娘であったことから、

「信玄の孫が参ったぞ、武田の恩義を忘れぬ侍は、我が幕下に参集せよ」

というのである。上杉景勝にしろ氏直にしろ二人の言い分はまじめに聞いてはおれない。

氏直は、戸石城下を五万の大軍で埋めておいて、昌幸に降伏の使者をおくった。

昌幸は、降伏した。

「それがし、帰服の手土産といたし、信州侍の帰参を説いてみましょう」

と昌幸は言った。

「昌幸が、そこまで尾をふってみせるか」

と、氏直は嘲笑った。

昌幸は、各家に使いを出し、ときにみずから信幸か幸村かのどちらか一人をつれて、北条服属を説いてまわった。

「上杉に降って一と月とすぎぬ。それが北条がくればたちまち北条へ鞍替えでは、武

士として恥ずかしゅうござらぬか」

「上杉とは固く約束いたしたこと。それを反故にして北条家に移るなどと、我が家の家風には走狗となる風はござらぬ」

と、ののしり、はずかしめる者もいた。

なかには、わかったと昌幸に応ずるものもいた。次第に、昌幸の説得に応じる者がふえてきた。

もともと信州侍は、昔から上杉氏のためにさんざんやられてきていたが、北条氏と敵対したことはあまりなく、心情的に北条氏の方に傾きがちであった。そして現時点では、上杉より北条氏の方が一段上である。北条氏に従った方が得策である。

北条方に移る信州侍がふえていくと、大言壮語した者も、照れ笑いしながら、仲間に加わってきた。煮えきれない者も、北条軍が川中島まで進出してくると、恐懼して叩頭した。その様はちょっと見苦しい。それはとにかく、十数家の信州衆をまとめてみると、昌幸は、信州衆の棟梁のような形になった。

上杉景勝は、猪のように気の強い大将である。八千の兵で川中島へふたたび進出して、五万の大兵に対峙した。

北条軍は、大軍を誇って位攻めに攻めて圧倒しようと悠々と構えて、こちらからは仕かけなかった。

そのころ、甲州では、徳川家康のすさまじい謀略が行なわれていた。

甲斐国は、武田滅亡後、川尻秀隆が封ぜられていたが、本能寺の変後も徳川家康の援助により、滝川などのように逃げかえりもせず、国を保っていた。

家康は、一応、信長の弔い合戦に出かけたが、光秀が討たれたことを知ると帰国した。そして、いまこそ我が勢力の拡大をはかる機会だと思った家康は、甲斐へ目をつけた。が、信長の死後ただちに信長の家来であった川尻を討つのは、いかになんでも世間体が悪い。そこで、家康は、逼塞していた武田遺臣を扇動して一揆をおこさせた。川尻は抑えかねて家康に援けを求めた。家康は快諾して出兵し、一揆勢にみせかけて川尻を殺してしまったのである。

目下、家康は、甲府に進駐して、一揆勢の鎮撫にあたっている。

この家康に目をつけた上杉は、家康に使いをやって、南北から北条氏直を挟撃することを提案し、同時にそのことを、忍びの者を放って大いに喧伝した。

驚いたのは、北条氏直である。氏直は、景勝が、わずか八千の兵ですこしもひるまず対峙していることに、ひそかに恐れをいだいていた、そこへ南北からの挟撃の噂であり、現に家康が甲斐にいる。噂には真実味があった。ぐずぐずしていては危ない。

といって、ただ逃げ出すわけにもいかない。氏直は、

「景勝は居すくんで戦おうとはせぬ。我らの威力のほどはみせつけた。よって、甲斐へ討ちいり、家康を蹴ちらそう」

と、陣払いに決定した。この決定に、もっと驚いたのは、信濃衆である。

信濃衆は、上杉から北条へ寝返ったのだ。わずか一か月まえのことだから、上杉の怒りも生々しい。どんな報復を受けるかわかったものではない。ここはぜひとも上杉を叩き潰し、信州から追い出してもらわねば困るのである。信濃衆は、

「真田どの、どういたすものじゃ。おぬしのすすめで家を保つために北条に加担したが、これでは、かえって元も子もなくなる」

と、恨み、怒った。

昌幸も、泣きたい。まさか、こんなことになろうとは思いもしなかったのである。

昌幸は、氏直にあい、言葉をきわめて、上杉との決戦をすすめたが、氏直の決心をかえさせることができなかった。

昌幸は、信濃衆を集めて、詫び、

「かくなるうえは、我が居城戸石にて、今後の事、談合つかまつろう。改めて、上杉へも詫びがかなうよう、昌幸、懸命の労をとるつもりである」

と、詫びた。

北条軍は、反転し甲斐へ向かった。

昌幸は、上杉の追撃に備えてということで北条氏と別れ、戸石城へ帰った。信濃衆も、いまはしかたなく、昌幸に従った。

戸石城に帰った昌幸は、弟の加津市右衛門と幸村を上杉の陣へ遣わした。

「くれぐれも丁重にいたせよ、敵対したことを詫び、詫びるとともに、小大名の辛さをのべてこい。市、何をいわれても怒るな、怒るときは、わしが怒る」

そういいきかせて行かせた市右衛門と幸村に、景勝は、信濃衆を許さず、

「表裏者の昌幸に申せ、表裏の代価は高くつく、とな」

と、嘲笑したという。昌幸は、

「北条の前では居すくんで手も足もでなかった上杉が、北条が去れば、俄に威張りだした。これは、臆病犬の性。表裏は軍略という。しかし臆病は臆病である」

という意味の手紙を景勝に送りつけた。

昌幸は、信濃衆に、以上の説明をしたあと、

「こうなっては、諸氏に詫びの一手しかない。しかし、皆の衆の生命だけは、昌幸が我が生命にかえてお守りいたす。暫時、戸石城に滞在なされ。そのうち、必ず織田方

が立ち直り上杉も北条も攻め滅されるだろう、必ず春がまいります」

と、言った。

矢沢頼綱は、ひそかに信幸、幸村に言ったものだ。

「そなたたちの親父は、日本一の大ずる男よ、頭をさげながら、信濃衆を家来にしてしもうた……」

三

「お久しゅうございます……」

曾呂は、片頬だけで笑うようにして昌幸を見た。自然、曾呂の目は流し目のようにみえた。昌幸は、まぶしいものを見た思いであった。

夜中、二人っきりの寝所であった。

「柴田どのは、越前へお戻りになられたな」

「はい」

「おかげで、上杉が、引き揚げおった……」

「おかしいお方……」

「…………?」

「柴田の殿さまのことです。父には叱られましたが」

「…………？」

「後家さんを貰って、にこにこ顔で、お戻り。羽柴の殿さまは、思いどおり、信長公のお孫さまをお跡継ぎにたてなされ、京都あたりを手中におさめられたというのに……」

曾呂は、くすくすと笑った。

「本当の織田の跡継ぎは、羽柴さまであろうとの、もっぱらの評判です」

「ふーむ……」

昌幸は、秀吉は、それほどの男であったのかと思った。

「後家とは、誰だ？」

「信長公の妹御、浅井長政公の後家……」

「それなら、柴田どのは、織田の御一門になられたわけだ」

「父もそう申していました。御一門になって羽柴の殿さまの高くなった頭を抑えようとなされておいでだ、と……」

柴田と羽柴、これは深刻な対立になることが予想された。

ますます、信州の辺地に、柴田の目はとどきかねることになる。上杉とは喧嘩別れ、北条は頼りにならない。

徳川家康が、大きな存在に思えてきた。

その徳川家康から昌幸に誘いの手がのびたのは、曾呂がきてから四、五日目であった。

旧知の武田遺臣の依田玄蕃が、家康の頼みでやってきた。依田玄蕃は、甲州崩れのときまで駿河の田中城の城主であった。信長が生きていた間は、隠れていたが、信長の死後、家康に招かれて、仕えるようになった。

「徳川どのは、頼りになる」

と、依田玄蕃は言った。

「上杉も北条も、徳川どのの沓をいただくようになるのも遠い話ではないと思う。いや、もしかしたら天下を取る人物ではないか……」

と、たいそうなほれこみようであった。

「その徳川どのが、ぜひぜひ、真田を味方につけたいと、貴公に執心じゃ」

「先に上杉、北条と移り、今度徳川に移ればわしも、いよいよもって表裏者よな……」

昌幸はうすら笑った。

「表裏者と知ってのお誘いとあらば、お味方してもよろしいのう」

「表裏は、小大名の運命。徳川どのも、昔は今川、織田に挟まれて、右往左往された方だ。察しておられる」

「皆に、はかってみよう。真田も浮沈の瀬戸際に立されている今日このごろだ」

昌幸は、口ではぼかしているが、はらはきまった。

〈徳川に頼ろう〉

今は、一日も早く北条軍に信州から出ていってもらいたかった。

四

山際の崖っぷちの広い敷地を、竹矢来が厳しく囲んでいる。敷地内には、屋根だけの仮小屋が五、六棟ならんでいて、足軽だけが、抜身の槍を手に警戒にあたっていた。

五十頭ばかりの荷駄、百人ばかりの背負子に米俵をのせた人夫がついた。

その長蛇の列は、疲れきった表情と動作で竹矢来の中へはいっていった。

「ぐずぐずするなっ、しっかりせいっ」

へたりこみそうな人夫がいると、足軽は、容赦なく怒声をあげて槍の柄で小突きまわした。

ここは、徳川軍と対峙中の北条軍の糧秣中継所である。信州佐久郡の南端、武蔵国と甲斐国の国境にちかい谷の村であった。川中島をつくる千曲川の大河も、このあたりでは、ちいさな谷川であった。

米俵を所定の小屋におくと、人夫米が支払われる。

髭面の足軽頭が、蓆に山とひろげた米の前に傲然とふんぞりかえって、床机に腰かけている。人夫たちは、恐ろしそうに身をすくめ頭をさげ、つぎはぎだらけの袋の口をひろげる。足軽の二、三人が、升をえぐるようにすりきりして、袋の中に米を入れてやる。

「次っ、ぼやっとするなっ」

足軽は怒声をあげる。どうして足軽は怒りっぽいのだろうか。人夫はどうしてこうもぺこぺこしなければならないのだろうか。

米を貰った者が、米袋の重さをはかるように上げさげして、仲間にささやきかけた。

「なんだか、升がちいせえみてえだ」

「おめえも、そう思うか」

「こらあっ、そこの二人っ、なにをこそこそ話しておるっ」

足軽頭が、目をむいた。

「へっ……へえい……」

人夫二人は、首をすくめて人群にかくれた。

「早くしろ、日が暮れるぞ。日が暮れて困るのは、うぬらではないか」

人夫は、これから山越えして帰らねばならない。彼らは、秩父から、人夫に狩りたてられてきたのである。

気温が、ぐっとさがった。谷の村は日暮れが早い。

竹矢来の敷地の崖、その上には、覆いかぶさってくるような急峻な山であった。

その崖の上から、腹這いになって、小具足をつけた二人の男が見おろしている。

「米、二千俵はかたい……」

と一人がささやいた。

「二千俵……、五千俵ぐらいあるかと思った」

と、小具足の男が、顔をあげた。幸村であった。

「しかし、玉薬、鉛もありますぞ、若……」

「ほう、そいつはいい……」

幸村は、この目の下の北条軍の糧秣中継所を襲おうとしていた。徳川につくことになった真田昌幸の、北条軍後方撹乱のための、一小隊である。

「幸村、思いのままに暴れてみぬか。三十名の兵をあずけよう」

と、昌幸に言われたのは、五、六日まえのことであった。

幸村は、おどりあがって喜んだ。

「兄者もですか?」

「いや、信幸は、わしの手もとで仕込む。あれは、大人から学びとる子だ。その方は、いたずらから学びとっていく子らしい……」

だから、思いのままいたずらしてこい、ということであった。

たしかに、辛気くさい大人の間に交って、さようしからばとかしこまるのは、幸村には苦手であった。それより、近習を集めて、自由に、野山を駆けめぐる方が性にあっていた。

「ただし、三十名で、北条五万と正面きって戦うのではないぞ……」

昌幸は、笑いながらいった。

「ようく憶えておけ、——大敵を見たら退き、小敵とみたら、これを討つ……。わかったな、三十人分の戦いであることを忘れるな」

幸村は、これから三十人分の戦いをしようというのである。父の手をはなれて、はじめての、自分の作戦企画による戦いであった。

その三十人は、木立ちの中にかくれている。

幸村は、崖っぷちから腹這いで退ってから身をおこし、身をかがめて、山の中に入った。

「鎌之助……」

と、幸村は、背の高い男へ顔を向けた。

「はっ」

と、一歩でた侍は、カマキリのように細く、顔もカマキリ面である。幸村の近習の一人。幸村は、カマキリの助とあだなをつけたことから、本名主計介をやめて鎌之助というようになった。

「さきほど、帰路についた人夫どもに、見物にこぬか、と誘ってこい。米を焼くのは、いかにも惜しい」

と、幸村は、言った。

鎌之助は、合点すると走りだした。

「小助……」

「はっ」

小男が、頭を軽くさげた。穴山小助、これも近習の一人。小男だが、全身、肝っ玉のような男である。

「玉薬、鉛は欲しいな。持ち帰る方法を考えておけ」

それから、幸村は、夜まで一休みせよ、といって、まっさきに地面にひっくりかえった。

夜がきた。

糧秣中継所は、意外に篝火がすくない。警固人も五十人ほどか。このような場所が襲撃されるものかという油断なのか、それとも人目をひかないようにしているためなのか。とにかく、篝火がすくないことは、奇襲する側には、都合がよかった。

「行くぞ、小助、頼むぞ」

幸村は、小助の肩に手をおいた。

「おまかせください」

小助はにやっと笑った。

幸村は、行くぞ、と合図の手をあげた。一団は、足音を消して動きはじめた。あとに、小助と三人の男がのこった。

幸村たちは、入口へできるだけ近づき、身をひそめた。

中継所の警備兵は、入口に十数人、敷地内二か所にそれぞれ約十人ずつ、二人一組、五組が動哨で、竹矢来にそって内と外をゆっくりまわっていた。あとの警備は、小屋で仮眠中であろう。

幸村は、かたわらの男の肩を叩いた。男は後へさがった。まもなく、

「ボーコ、ボーコ……、ボーコ、ボーコ……」

梟の鳴き声が、せせらぎの音にまじって、夜空をさみしくふるわせた。その声が消えると、ほんのしばらくの間をおいて、今度は、遠く、糧秣中継所の裏山あたりから、かすかに、梟の声が聞こえてきた。三声ずつ二回。それが夜空に吸われて消えると、谷川のせせらぎだけが耳につく、山の静けさが甦った。

動哨の足軽が、篝火に浮きだされて、ゆっくり歩いているのが見える。足軽が、立ち止り、なんとなく竹矢来の内を見た。

そのときであった。

突然、篝火が、ものすごい閃光と轟音をあげてはじけとんだ。つづいて二発目、さらに数発。

「やった！　行けっ！」

幸村は、抜刀して地を蹴った。その後を、男たちが、喚声をあげてつづいた。

大小の火の固りが、夜空高くあがり、火の尾をひいて落下していた。飛びちる火の中を足軽たちが右往左往していた。

このすさまじい爆発は、穴山小助以下三人が、崖を忍びおりて篝火の中に火薬玉をほうりこんだのである。

足軽たちは、さらに仰天した。幸村たちが真っ黒になって突き進んできているのだ。火の粉のおちた仮小屋の屋根がいぶりだした。

仮眠の足軽たちが、どっと出てきた。

幸村たちは、駆けて駆けて駆けぬけた。斬るというより、体当りして突き転すといった方がよい。ようやく、警備兵も立ちなおった。

「敵はすくないぞっ　あわてるなっ！　逃げるなっ！」

と、声があがった。浮きあしだった警備兵が、足をとめはじめた。

そのとき、上手から喚声があがった。喚声は、駆けくだってくる。せっかく踏みとどまろうとしていた警備兵たちは、この喚声で、いっぺんに肝を潰した。

由利鎌之助が、人夫たちの先頭に駆けつけたとき、警備兵は、逃げだしはじめた。

人夫たちは、一斉に米俵に飛びついた。

五

戸石城に、徳川家康の長臣大久保忠世《ただよ》がきた。忠世の来訪は、今日までの真田の働きに対する礼とともに、昌幸の子信幸、幸村を家康に「見てまいれ」と言われてきたのである。

北条、徳川の間に和議の機運がたかまっていた。使者が往来している。が、まだ停戦したわけではない。両者ともに手控えしているという状態である。よって、道中は、危険であった。にもかかわらず、二俣城主で家康股肱の臣の忠世がきたことは、真田家にとって甚だ名誉なことといわねばならない。

信幸と幸村は、忠世に挨拶した。

「こなたが御嫡男の君でござるか……」

信幸は、会釈した。忠世に対した姿勢は、隙のない、若者とは思えない物腰であった。

「こなたは、御次男の君……」

忠世は、ふわっふわっと笑った。

「幸村どののおかげで、北条の者ども、空腹では戦はできぬと、あつかいを申しでましたわい。糧秣倉、いかほど焼かれたかな?」

「さあ……、何棟でしたか……」

「北条本陣の目の前で、若神子橋を焼いたのも、おことだと聞きましたが……」

「三十人分の戦いですから、大したことはありません。しかし……」

「しかし?」

「面白うございました」

「面白うござったか……」

忠世は、再び笑った。

「こちらの御嫡男の君も、見事な働きぶりでござったな。立科の原の戦いなど、信幸どのの采配ぶりに依田玄蕃どのが、世にも目覚しき若武者かな、と驚いておった」

「父の申すよう、いたしましたことで、それがしの手柄とはいえません……」

依田玄蕃が、三千余の北条軍に囲まれたとき、千人をひきいて救援に赴き、野戦をしかけて潰走させたことだ。

「いや、やはり、信幸どののお手柄……」

と、こちらは、忠世も生真面目に応じなければならなかった。

「誰もが、習わねばならぬ。習うたものをどう生かすかが、その人の天分でござるよ。昌幸どのが同道されたわけでもなし、まぎれもなく、信幸どのの采配じゃ……」

忠世は、信幸、幸村を褒めちぎって帰っていった。

それから、数日後、徳川、北条の和議が成立した。その条件は、
一、甲州、信州は徳川家の領分、上州は北条家の領分とする。
一、北条家が切り取った甲州都留郡、信州佐久郡と上州沼田を交換する。
一、家康の女を氏直の室とす。
である。

この和睦の条件が、昌幸のもとに届けられたのは、十一月一日のことであった。

「この項は、なんでござる？いかなるわけであるか」

昌幸は、第二項を指して言った。

「甲州、信州、徳川領分になれば、信濃衆、甲州衆も、上杉や北条などに、指もささせませんぞ、これにて安泰でござろう」

と、使者は、無邪気に答えた。これまで小大名の辛苦をさんざんなめてきたろうが、これからは安心して暮らせるだろうと、恩着せがましいくらいである。大家の者の傲りである。

「この沼田は、誰の領分でござるか」

昌幸の高い頰骨に、怒気がただよった。

ようやく、使者は、昌幸の怒りに気がついた。

「沼田は、父一徳斎とそれがしが、心血をそそぎ、一族郎党が、血をしぼって切り取った土地でござる。それを何ゆえ徳川どのは、それがしに一言の相談もなく、北条にくれてやられるのか」

異相の昌幸に睨まれると、使者は、ふるえあがった。

「此度の北条との合戦においても、我らの働きは、大久保どのがわざわざお褒めに参られた如く、御存知のことと思う。それを徳川どのは、味方した者には一切の恩賞を与えられず、敵対した者に、恩賞を与えられるのか。昌幸、一切、合点まいらず、そのよう徳川どのにお伝えくだされ」

使者は、蒼惶として帰っていった。

数日して、大久保忠世と依田玄蕃がきた。忠世も玄蕃も、厳しく沈鬱な表情であった。このまえきたときとは大分ちがう。それは、

「昌幸が、湯気たてて怒っている」

というからである。

沼田一件は、なんといっても、家康の落度であった。いや、講和使の無能、まった

くの落度であった。

忠世、玄蕃は、おそるおそるといった様子で、昌幸にあった。と——、案外であった。

昌幸は、笑顔で、二人にあった。しかし、この笑顔は、二人にとって異相のせいばかりでなく不気味であった。

「実は……、余の儀ではござらぬが……」

と、忠世もなかなか話が切りだしにくい。

「北条との講和の一件でござるか？」

昌幸の方から、切りだした。おだやかな声に、忠世も玄蕃もほっとした。

「あのときは、それがしも、かっといたしました……」

「さよう仰せられると痛みいる……」

忠世は、しきりに汗をぬぐった。

「我々とて、貴殿のお怒りは重々、もっともなことと存じておる。しかし、それでなお無理を承知でお頼みするのだが、沼田の一件、承服してもらえませぬか」

「…………」

昌幸は笑っている。

「替地も考えております。家康も、川中島ならよかろうかと……」

「川中島……？」

「そこでござると……。川中島は、上杉が領分、そのことは存じておる。が、一年、いや二年、辛抱してくださらぬか、必ず、上杉を追いおとして進ぜます」

昌幸は、ふきだした。

「いやはや、徳川どのは、近ごろ、面白きおん大将でございますなあ。いやいや、大度、天地の如きお方でござるか……。他人の領地を、我がものの如く、人にやすやすとくれてやられる……」

忠世と玄蕃は、顔をみあわせた。

「玄蕃……、貴公など、信州表での働き、みるも見事であったが、さぞや徳川どのの恩賞もめざましかろう。相模一国でも貰うたか」

痛烈な皮肉であった。

「とにかく、この一件、徳川どのと北条どのとの談合なれば、それがしとしても、口をさしはさむ余地はありませんな」

「昌幸どの、それはどういう意味か……？」

「承服願えるわけでござるか？」

と、玄蕃につづいて忠世は膝をのりだした。

「いや、それがしは、一向にあずかりしらぬ、ということでござる」

昌幸は、高い頬骨の奥の目を笑わせて、二人を見た。

北条から、徳川に対して、厳重な抗議がもたらされた。

沼田の委譲をすみやかにせよ、というのである。沼田城を受けとりにいった北条は、真田に拒否されたという。

家康は苦しい。家康としても、昌幸の言い分をもっともと思っているのだ。が、大国北条との約束不履行は、まずい。やはり、ここは真田に泣いてもらうほかない、というわけで、使者を遣わした。二度派遣した。だが、使者は、昌幸にあってもらえず、むなしく帰ってくるばかりであった。

こうなると、北条からはもちろん、周囲の者からも「真田は徳川に臣従したという話だったが、あれは嘘だったのか」と笑われることになる。こうなると、家康も、自分の方が悪かったと、引きさがれなくなる。

さらに、昌幸は、家康が、領分でもない川中島を替地にやろうといったことを嘲笑するかのように、上杉方の虚空蔵山城を攻略し、更級の荒砥城を攻めて尾代秀正を降す等、着々と勢力を伸ばしていた。

また、尼ヶ淵に城を築きはじめた。戸石の山城は、鉄砲の普及で戦略戦術が変わり、時代遅れになったからというので、平地に平城をつくりだしたのだが、この上田城は、「もはや徳川を頼みとせず」と内外にしらせているようなものだった。いよいよもって、信州領有を宣言している家康としては、昌幸は許しておけない存在となった。しかし、ただちに真田は討伐には行けない。家康の甲斐経営は、端緒についたばかりである。この内政が充実するまで、真田をしばらく放っておくほかなかった。

六

千曲川に鮎がのぼってくる季節となった。

新しい城には、鮎がのぼってくるという。千曲川は、上田城の天然の大きな堀であった。

〈行く水は、もとの水にあらず……〉

昌幸は、千曲川を見ながら、つぶやいた。

〈人の世も、かくの如し、か……〉

武田勝頼が死んでから、織田信長、そして柴田勝家が滅んだ。めまぐるしい、昨年今年である。

〈柴田が滅ぶとは思わなかった……〉

昌幸は、そう思った。が、その思いの下から、やはり滅ぶべき人であった、と思う。

「柴田さまは、後家を貰って喜んでいる、羽柴さまは、京を我がものとしたというのに」

と言った曾呂の声が、甦る。考えてみれば、山崎合戦に立ち遅れたときから、柴田は滅亡の坂をくだりつづけていたのだ。

〈葛一党は、どうしている？〉

鬼外、曾呂の顔が、思いだされた。新しい旦那がみつかったろうか。それとも雇われ稼業をやめたろうか。

「殿、申しあげます」

使番の声が、昌幸の背をうった。

「曾呂という女性が参られました」

「なにっ！」

驚いた自分がおかしいくらい、昌幸は、びっくりした。曾呂の赤い唇を思いえがいた胸中をみすかしてのうえでの、曾呂の出現のようにも思えた。

だが、おかしい。曾呂なら、鳥の声を真似て、昌幸の許しをえて現われるはずである。それが、なんでまた、曾呂という女性となって現われたのか。

「まことか？」

「はっ……。十人ばかりの若者衆が従っております」

昌幸は、物も言わず、そこを離れた。

曾呂は、小広間で木村土佐の介添えで、昌幸を待っていた。

「殿さま……」

昌幸を見あげた曾呂の目には、涙がにじんでいた。

「鬼外どのが、亡くなられたそうです」

土佐が言った。

「鬼外が……」

「柴田さまのお供なされたという……」

「………」

そんな忍びの者は、聞いたこともない。

「曾呂、一党をひきつれてまいったそうだな。わしのところへきてくれたのであろうな」

「はい……」

「よし、皆の者に会おう。連れてまいれ」

「ありがたきしあわせ……」

曾呂は、両手をついた。しばらく顔をあげない。肩がちいさくふるえていた。

上田城内常盤丸庭に、二人の若者が控えていた。顔は覆っていないが、渋染めの忍び装束で、背に皮を負うている。その縁には、昌幸父子、土佐ら五、六人が座していた。

「猿飛佐助……」

と、曾呂が言った。忍び装束の一人が、ぺこりと頭をさげた。その様は、あどけない感じで、微笑をさそった。

「十五歳になります。甥にあたります」

と、曾呂が、昌幸に言った。それから、もう一度、佐助と声かけた。

佐助と呼ばれた忍びの者は、庭の中央にでてきて、用意してあった一本の竹を立てた。枝をはらった孟宗竹《もうそうちく》で、三間ほどの長さだ。

竹を立てた佐助は、一度、見あげ見おろしていたが、ひょいと竹に抱きつくと、するするとのぼっていった。てっぺんにちかい。ちいさな身体が、いっそうちいさくみえた。

「ほう……！」

と、昌幸をはじめ、皆、感嘆の声をあげた。

つづいて、竹は、昌幸たちの方へ傾いた。

幸村が、庭へとびだした。

竹が庇へかかった。

「屋根だ！」

幸村が指さして叫んだ。そのとき、竹は、すごい勢いで跳ねかえるように庇をはなれた。

「飛んだ、飛んだ！」

幸村が、飛びあがりながら叫んだ。

庇をはなれた竹が、さっきとは反対の方向へ傾いていくのにあわせたように、黒い固りが宙空を飛んでいる。倒れかかる竹を、残っていた忍びの者が受けとめた。

黒い固りは、昌幸の正面の、庭をへだてた土塀をこえ、その影にはいり、消えた。

ほんのすこしの間をおいて、かすかな水音がきこえてきた。土塀の影は、堀である。竹が庇にかかり、黒い固りとなった佐助が土塀をこえるまで、瞬く間もなかった。

「なんという……」

つづく言葉もないほどの妙技であった。

まもなく、佐助が戻ってきた。全身、濡れていた。

「すごい！　すごいやつだ！」

幸村は、感動的に佐助の肩をたたいた。水しぶきがとびちった。幸村は、笑いだした。

「なんという、すごいやつだ、そなたは！　しかしだな……」

幸村は、笑いながら言った。

「忍びの者も、水には濡れるんだな」

佐助は、恥ずかしそうに笑いをうかべた。

「では、烏丸」

と、曾呂が言った。さっき竹を受けとめた、残っていた忍びの者が、頭をさげた。色が黒い。そのため烏丸か。

「二十歳になります。いとこにあたります」

烏丸は、中央にでてきて、背中の皮を脱いで広げ、ひるがえして見せた。

幸村がまだ庭にいる。

「甚だ無礼に存じますが、この皮、持ってくださいませんか」

烏丸は、広げた皮を幸村の前にさしだした。

「あっ、広げてもってください。このように」

と烏丸は、幸村の手をとり、左右に動きまわった。

「あっ、よろしいです。そのように……、はいはい、ありがとうございました」

烏丸は、皮を受けとって退った。何の曲もない。

「なんだ？　どうしたのだ？」

幸村は、けげんな顔で、一、二歩烏丸の方へ歩きかけた。

「あっ！」

と、声をあげた。幸村の袴がずりおちた。

昌幸たちが笑った。再び、幸村が声をあげた。その幸村へ、烏丸は跪まずき、脇差をさしだした。

「やや っ！」

幸村の腰に、脇差がなかった。

「御無礼の段、ひらにおゆるしください」

烏丸は、幸村の前に土下座した。

「大変、お気色を損じたと思いますが、若君直々に、やつがれの技を知っていただきとうございました」

昌幸は、さらに笑い、笑いながら言った。

「烏丸、よいよい。立て。幸村も己の不覚と恥じずともよい……。それにしても、見事なめくらましじゃ」

それから、昌幸は、曾呂へ向かって言った。

「曾呂、屋敷は、土佐が沙汰しようが、なんぞ望みがあるか？」

「どこぞ、領内のお山の谷一つを選ばせていただきとうございます。衆の中には傷ついて見苦しき者もいますれば、人目に触れさせとうはございませんゆえ……」

と、曾呂は、答えた。

七

「徳川どのは、御家中のことも、埒明け申されぬらしい。沼田は、信州佐久、甲斐都留両郡と交換の約定でござったが、それも反故となり申した。されば、沼田はわれらが手で切り取り申す。さらに将来の禍根を断つため、真田の本拠へ出兵いたそうとも、徳川どのには異論はござるまいな……」

北条からの使者は、巧妙にしかも傲然と言いはなった。

家康は、いらいらと爪を嚙みむしりながら、

〈勝手にしろ〉

と、思った。

〈あやつめ……、わしの顔をこうまで潰しおって、うぬ、このままではすまさぬぞ〉

家康は、むしゃくしゃ腹をたてたが、いまは、北条氏と敵対関係にはいりたくなく、真田攻めもやれない状態であった。

近ごろ、秀吉の勢力が増大して、その圧力をひしひしと感じさせられている。いまは、一日もはやく甲州を安定させ、戦力に組み入れなければならない。真田討伐などの出費はできるだけ避けねばならなかった。

それに、真田昌幸は、田舎戦法ながら、無類の喧嘩上手。なまじっかな攻めようでは、こちらが傷つく。昌幸をやっつけるのに、大軍にものをいわせて奇略も奇策もなく、ひたづめにつめる常道の戦いしかない。

といって放っておくのも心配であった。真田は、すこしずつ肥え太りはじめていた。

「小癪な奴よ……」

家康は腹だたしい。

「消させましょうか」

と、本多正信が言った。鷹匠あがりの正信は、鷹のような鋭い目をもっていた。

「伊賀者に申しつけましょう。一万の兵を動かすには、十万、二十万の知行高がいりますが、伊賀者でしたら四、五百石でことすみます」

「その手があったな……。本来は、一族、ことごとく磨り潰しに潰したい真田だが、そうも言うてはおれぬな、よかろう、申しつけい」

「北条が、動きだしたようだ。沼田だ……」

昌幸は、腹だたしげに言った。徳川に味方した代償がこれであると、細い目に怒りを燃やしていた。

「信幸千二百をひきいて叔父上を援けよ。幸村には三百をあずけよう」

「昨年は、三十人、今度は三百人か……」

幸村は相好くずして喜んだ。

「ところで父上、佐助をお借りできますか」

「佐助か……」

昌幸は、ちょっと考えこんだが、よかろうと言った。

「しかし、死なすな。佐助はまだ十五歳、将来が楽しみの者だ。小出しに使って無理させるな」

それから、昌幸は、何もいわない信幸に、烏丸をつれていけ、と自分の方から言った。

沼田城は、矢沢頼綱が千余の兵で守っていた。信幸の援兵千二百、あわせておよそ二千五百。

寄手は、北条方五千余を中核に、南上州の侍たちを狩りもよおして五千余、計一万余。

寄手は、三度攻撃しかけたが、三度とも手痛い反撃をうけて退き、なかだるみになった。

暑さのせいだ。沼田へのぼってきたばかりのときは、さすが山地は涼しいなどといっていたが、連日、雲一つない空から照りつける太陽に、空に近いせいではないかと、暑さにうだっていた。

城中も暑さはかわりない。が、寄手のように狩りだされてきた兵ではない。父が兄が叔父が血を流して切り取った地を守る兵である。士気がちがっていた。

「烏丸、幸村を呼んでくれ……」

信幸は、烏丸と物見楼にのぼった。

烏丸は、口に指をあてて、鋭く長い口笛をふいた。それから耳をすました。

「若君、応えがありました……」

「なに……？」

烏丸が手をあげて信幸を制した。

「マチカネタ……、とのことです。仰せられませ、なんと申せばよろしいか……？」

「今夜半、沼須の敵を攻撃す、時刻は……」

と、信幸は言った。

「烏丸の口笛合図後の半刻、攻撃開始」

烏丸は復誦して、口笛をふきはじめた。それは、いわゆる調べの笛の音ではなかった。あらゆる鳥の声をつないだようなものであった。あるときは、けたたましく、あるときは鋭く途切れ途切れであった。調子は、高く高くつづいた。意味はわからない。が、なんとなく、信幸が言った言葉に似ているような気がさせられた。とにかく、口笛が言葉になっているようであった。

烏丸が口笛をふくのをやめて、耳をすました。信幸も耳をすました。楼の正面の山中から、かすかにかすかに口笛が聞こえたような気がした。

しばらくして、烏丸が、長く鋭い口笛をふき、終わって、信幸に顔を向けた。

「了解、我らは田中より戸鹿郡へ向けて、すこしく時を遅らせて攻撃す、以上……」

信幸は、大きくうなずいた。

その夜、信幸は、三百人をひきつれ、烏丸の口笛とともに城をでると、ひそかに沼須の敵陣へ向かった。

敵は、暑さにうだった身体もようやく冷えて眠れるようになった、寝入りばなである。

信幸は、激しく叫んだ。

「突っ込めっ！」

三百人、一団となって、襲いかかった。

走った。ただ走った。と――、敵が分厚い力ではねかえしてきた。信幸たちが、おしかえされはじめた。

そのとき、分厚い敵の後方で、銃声と喚声があった。

〈幸村……〉

敵の圧力が、ふいに消えた。その反動のように、信幸たちは、はじきかえした。駆けた。駆けた。もはや手応えはなかった。

「引き揚げよう！」

信幸は、叫んだ。止った。それから、足速やに城へ引き揚げた。城門のところで、烏丸が言った。

「幸村さまたちも引き揚げられました。死者なし、軽傷者三人とのことです」

翌朝、城から見おろすと、沼須の敵陣はなかった。夕方ごろになって、ようやく陣も復興した。その夜、寄手の陣は、大変な篝火の数であった。

その翌朝、信幸も、佐助の口笛は聞くことができた。それによると、幸村たちは渋川、吉岡あたりの、寄手に加わった侍の留守城を荒らしまわってきたという。そうと知ると、敵陣は、ひどく動揺しているようにみえた。

「警戒が厳重になった故、しばらく、留守荒らしをする、と仰せられています……」

烏丸の、佐助の口笛の翻訳である。

「無理をするな、と伝えよ」

信幸は、嫡男らしい重厚さで言った。

「曾呂でございます」

と、やわらかい、しっとりとした女の声がした。声の質は曾呂にまちがいなかった。が、昌幸をとまどわせるほどからみついてくるような声であった。

「………！」

はいってきた曾呂も、昌幸を十分に驚かせた。女中衆の身装である。この身装ははじめてではない。が、いまの曾呂は、肉感的で、まるで裸ですりよってくる感じである。

〈おれの気持ちがどうかしているのか〉

と、思った。

曾呂は、上目使いに、昌幸を見た。昌幸は三度驚いた。身体が、極端な言い方をすれば、秘所をさらけだしているかのように思えるのに、目が、鋭く、何かをかたりかけていた。

曾呂は、ふわっとしなだれかかった。昌幸は、動けなかった。しなだれかかった曾呂は、片手で、自分の裾をゆっくりとひろげはじめた。

膝がみえ、太股があらわれた。昌幸も四十歳前の男だ。

「曾呂……」

と、かすれる声がでた。

そのときであった。

「…………!!」

曾呂の口から、激しい裂帛の声があがり、同時に、曾呂は、ひっくりかえった。

どうっ、と天井で音がした。

曾呂が起きあがり、恥ずかしそうに、にっと笑うと、部屋を走りでた。

〈そうか……〉

昌幸は、ようやく、曾呂の不可解な行動が理解できた。

伊賀者らしいのが、昌幸の生命を狙っている、といっていたのだ。

昌幸は、天井を見た。天井板に一寸ばかりの裂け目があった。曾呂が投げた手裏剣がつくったものにちがいない。昌幸は、大きく息をすった。

〈家康め……〉

そのころ、家康は、本多正信から、沼田合戦のことを聞いていた。

一万の北条軍は、真田兄弟に翻弄されて、なすことなく、引き揚げにかかったという。

「そろそろ、真田のこと、腰をすえてかからねばならんな……」

と、家康は、短い首をさらに短くして不快そうに言った。

「忍びは、どういたした」

「狙っていることでしょう。ですが、なにせ、敵もさるものでござれば……」

正信は、眉をしかめて言った。

秀吉到来

一

小牧、長久手の戦いで、六分の勝ちをしめた徳川家康は、意気揚々として浜松城へ帰陣した。が、それは外見のことで、家康の内心は、浮わついた気分ではなかった。

この戦いは、織田信長の遺子信雄が徳川家康を抱きこんで、秀吉の天下取りに待ったをかけた戦いであった。小競合いはともかく、ほとんど睨み合いに終わった。が、中盤、ただ一回の戦闘があり、その戦いで家康は勝ち、その勝ちを守って、以後、敵の誘いにのらず、からにとじこもるように小牧山にこもって、戦いの終わるのを待った。それ故に六分の勝ちというのだ。

秀吉は十万の大軍をくりだして、余裕綽々、一回の戦闘で敗けても、屁とも思っていない相手であった。こうなると、六分の勝ちが、今後、自分を非常に困難な立場に追いこむだろうと思われた。つまり、秀吉に睨まれるということだ。

秀吉の大攻勢が始まるだろう。それに耐えうるためには、こちらの内部を、しっかりしたものにしておかねばならない。甲州、信州の確固たる支配が急務であった。

「いよいよ、真田をなんとかせねばならんとき」

であった。

真田がいるため、信州は、ごたごたが絶えないのである。

家康は、もう一度、真田に、沼田を北条へ委譲するよう、下知した。武力を用いないですむなら、それにこしたことはない。小牧、長久手の滞陣は、経済的にかなりな負担であった。

真田昌幸は、今度も、断った。

天正十三年、信州は春。

昌幸は、上田城へ、一族の長老、長臣を集めて初鮎を賞味した。鮎は、まだ小さい。鮎をたべるだけの会合ではない。

「徳川も、今度は、必ず攻めてくる」

と、昌幸は言った。

「北条とは、ちとわけがちがう。秀吉と四つに組んで、びくともしなかった男だ……」

「東海第一の弓取り、と自画自讃しているようですな」

木村土佐が、笑いながら言った。

「徳川も、遠江、駿河衆がはいったくらいでは、たいしたことはなかった。武田遺臣が、ずいぶん組みこまれている、これで徳川は強くなった」

加津市右衛門が言った。

一座の者が大きくうなずいた。強いか弱いかになると、皆、武田の兵が一番強いと思っている。織田、徳川に負けたのは、指導者が悪かったからだ、と思っている。一座は、ひとしきり徳川に随臣した知人の名でにぎわった。

昌幸は、ふと、叔父の矢沢頼綱の声が聞こえないな、と思った。酒がはいれば、声の高くなる人が。いまや叔父は隠居して、頼幸が家を継いでいた。頼幸が顔を出している。時代が、どんどん変わる、と昌幸はほんの少しの間、感慨にふけった。

「徳川は、たしかに強くなった。しかし、おれは、戦いそのものは、すこしも恐れぬ……」

と、昌幸は、みんなを見まわした。

「徳川が寄せてきたら、手玉にとってみせよう。ただし、あとがつづかぬ……。なんというても、徳川は、三、遠、駿、甲の四か国の大大名、こちらは、四郡の小名、どだい喧嘩にならぬ。そこで、おれは、上杉に頼ろうと思う……」

「上杉か……」

加津市右衛門が、驚いて昌幸を見た。もう一度、上杉か……、とつぶやいて、目をそらした。これまで上杉と戦ってきた数々の思い出をたどる様子であった。

「上杉が受け入れてくれるだろうか。兄者」

「わからん。だが、のぞみはある。近ごろ、上杉は、羽柴秀吉と昵懇の間柄。上杉を通して羽柴へ、羽柴を通して上杉へ……、羽柴も徳川と戦おうという真田を手なずけておいて損はない。それが、頼みの綱だ」

「大名同志のことは、おれにはよくわからん。兄者にまかせた。兄者の思うとおりやってくれ」

市右衛門は、盃をとりあげた。矢沢頼綱がいなくなったと思ったら、市右衛門が、頼綱のかわりに、一座の雰囲気をひっぱっていく役割りを果している。

「お舎弟さまの仰せのとおりですな。われらは殿の下知のまま働けばよい」

と、木村土佐も言った。

「上杉には、表裏者と言われたことがある」

昌幸は、苦笑した。

初夏、上杉、真田の同盟は成った。昌幸は、幸村を人質として上杉景勝の居城春日山城へ送った。

上杉景勝は、このころ秀吉に従属していたので、上杉、真田の同盟のことを秀吉に報告した。秀吉は、

「真田め、とうとうきたか。家康の尻を存分に小突きまわすよう言うてやれ。兵糧が欲しければ兵糧を送ってやれ。玉薬が不足ならばあまるほど送ってやれ。人数も遣し、真田を援けよ」

と、上杉景勝に飛脚をよこした。

その一方では、秀吉は家康を懐柔するために卑屈なほどの努力をはらっている。例えば家康に正妻がないことをさいわいとして、嫁いでいる妹を無理に離婚させて、家康の後室に送りこもうとしていた。

二

「かの横着者に、思いしらせてやれ」

と、徳川家康は、浜松から駿府に本営をうつし、真田討伐を号令した。

大久保忠世、鳥居元忠、平岩親吉《ちかよし》ら七千余騎の徳川勢が上田城へ向かって発向した。

信州は秋、朝夕は涼気が身にしみた。

昌幸も、迎撃の準備をととのえた。

昌幸は、上田城にあり、戸石城には信幸に八百の兵をあずけておき、神川《かんがわ》対岸の矢沢砦、千曲川の南の支流の依田川の西岸の飯沼、尾野山の両砦、その南の丸子城などへ、それぞれ人数をいれた。さらに、それらの砦の周辺の山野には、郷民に蓆旗をたてさせ、竹槍を持たせて伏兵とした。

上田城下には、要所要所に、柵を結い、逆茂木を伏せた。上杉へ、援兵依頼したのはもちろんである。

上田城を望んだ徳川兵は、——大久保忠世はすでに見知っていたが、鳥居、平岩らの諸将は、上田城の思いの外に小規模なのに驚いた。これで、北条に楯つき、徳川に楯つこうというのである。徳川勢は、

「小癪な真田よ」

一揉みに揉みつぶせとばかり、色めきたった。

とくに大久保忠世は、信州奉行として、これまで真田と家康の間にはさまれて、沼田問題では大いに悩まされていた。沼田一件は、理は真田にあって、非は徳川の方だ。そのため、真田に対して遠慮があり、それが苦痛であった。いったん戦いとなれば、理も非もない。勝ったものが正しい。忠世は、それまでの苦痛の分を、この戦いではらしてやろうと思ったので、勢いづいた。

つづく武将は、小城とあなどった者たちである。日ごろの慎重さを欠いていた。

小諸方面から北上してきた徳川勢の前の真田の第一線は、上田の城から一里の神川である。徳川方からみて神川の向こう岸、黒坪、国分に真田兵が待ちうけていた。大久保忠世の隊が真先に神川を渡河しはじめた。鳥居、平岩らの隊も、遅れるなとばかり競いあって渡河した。

昌幸は、物見楼にのぼって、寄せくる敵を見ていた。敵は黒い山津波のように押寄せてきている。それに対して、黒坪、国分の真田から銃撃がおこったらしい。黒煙、白煙があがるのが見えた。かすかな銃声が、城方までとどいたのは、それからかなり間をおいてであった。

また、しばらく時がすぎた。

真田兵の小さな固りが、城へ向かって後退している。つづいて、徳川方の厚く広い集団が、ひたおしにおしよせてきている。

「ようし……、ひっかかったぞ」

昌幸の高い頬骨が笑いに動いた。

敗走の真田兵は、町口に達し、柵の内側に逃げこんで、追撃の徳川軍に銃撃した。徳川方はその何倍ものお返しの銃撃をし、真田方がひるんだとき、一気に押しよせ、たちまち、町口の柵を踏みつぶして、なだれこんだ真田軍は、城へ逃げこんだ。

こうなると、徳川軍は、狩場の犬であった。

神川での真田の敗走も、町口での真田の敗走も、昌幸の作戦であることに、徳川方は、まったく気がつかなかった。

城下町でも、徳川方は、昌幸の、子供だましみたいな作戦にひっかかった。

小路、小路に、色よい小袖や織物、帯などを散らしおき、また、金銀蒔絵の器物などがおいてあった。

戦争には、略奪はつきものである。略奪ができるので、兵たちも大いに張り切って戦うといわれる。徳川たちの軽卒たちも、物品を見て、さっそく奪い合いをはじめた。隊将たちの制止も耳にはいらない。そこを、隠れて満を持していた真田方は、昌幸の命令一下、あらんかぎりの鉄砲、弓を斉射し、斬りたてた。このとき、徳川方は一千余の兵が倒れたという。

徳川方は、驚き、退いたが、さすがに大兵である。立ちなおり、反撃にうつろうとした。

そのとき、戸石城から信幸を先頭に八百人が一団となって駆けおりてきて、徳川方の側面に突っかかった。

徳川方は、二度もの不意打ちにすっかり動転して腰くだけになった。海道一の弓取りの徳川氏の将兵が、われがちに逃げはじめた。各将が声をからして体勢をたてなおそうとして号令をくり返すが、ふみとどまる者はない。逃げる兵ぐらい弱いものはない。大軍が狭い土地に入りこんでいたから、大混乱をおこし、混乱が混乱を呼び、恐怖にかりたてられて敗走していった。神川を渡るときには、混乱もその極に達し、溺れ死ぬ者も数知れずというありさまであった。

翌日、徳川軍は、体勢をたてなおし、油断なく、神川渡河にかかろうとしたが、昌幸が五、六百の兵をひきいて迎えにきていると知ると、鳥居、平岩は、進撃をやめた。大久保忠世は、鳥居、平岩に進撃をうながしたが、

「昌幸が出張ってきた以上、奇策があるに相違ない」

と言って動かなかった。昨日の敗北が、よほどこたえた様子であった。

大久保は腹をたてたが、さりとて自分一人で攻めていくこともできず、進撃をやめて睨みあいとなった。この睨みあいは、十数日つづく。大軍を擁して、まったくだらしないことになった。

徳川軍としても、だらだら対峙をつづけていたわけではない。別動隊を編成して丸子城攻略に向かわせた。上田城がだめなら、せめて丸子の小城ぐらいおとして、面目を立て、しぼみきった士気をふるいおこそうとした。それを知った昌幸は、先まわりして丸子城に入り、待ちかまえていて、叩き伏せてしまった。

徳川軍の動きは、逐一、真田に読みとられていて、大久保たちは手も足もでない。駿府の家康は、地団駄踏んで口惜しがり、井伊直政に五千の兵を与えて、督励応援に赴かせた。

井伊の五千の軍は、甲冑武具一切を赤一色に彩った二千人ばかりの一隊を中核に、威風堂々と北上してきた。小牧長久手の合戦以来有名になった、井伊の赤備えである。

昌幸は、尾野山から、この赤備えを見おろして、懐かしい思いにとらわれた。赤備えは、かつて武田四天王の一人山県昌景《やまがたまさかげ》が、自分の家来の武具類を赤で染めあげていたことからはじまった。武田滅亡後、家康は武田遺臣を召しかかえ、井伊の手につけて、赤備えをゆるしたのである。

徳川が増援部隊を送りこめば、真田方にも上杉から応援部隊が到着した。

こうなると、両者、うかとは攻められず、またまた数日、無為の日がすぎた。

開戦以来およそ四十日ほどすぎた九月二十四日、徳川軍は、突如、兵を退きはじめた。

徳川方としては、いたずらに真田に武名をあげさせたばかりで、不本意な合戦であったろう。井伊がきながら一戦もせず引き揚げるのは不満であったろう。が、徳川としては、引き揚げざるをえない大事件が、おこっていた。家康の重臣石川数正が、一族郎党をひきつれて、秀吉のもとへ奔ったのである。

石川数正は、家康が今川の人質だったころから近侍し、岡崎城をあずかる三河譜代の重臣であった。この石川が秀吉方についたことで、徳川の軍事組織、財政組織等、手の内が全部秀吉にわかってしまうことになり、家康に深刻な打撃を与えたのである。

「豊臣秀吉という男は、飯縄山の大天狗よりまやかしを使う大天狗よ……」

昌幸も、啞然たる思いであった。

三

天正十四年冬、徳川家康は京へ上って秀吉とまみえた。海道一の弓取りも、秀吉に降ったのである。

家康のその噂を聞いたころ、昌幸も、秀吉に呼ばれて、幸村をつれて上洛した。幸村をつれて参れということだった。

昌幸が京に着くと、大谷吉継が待っていて宿舎その他のことをとりしきってくれた。吉継は、物静かだが、きっぱりとした歯切れのいい、三十五、六歳の男であった。

京へ着いて三日目、吉継の案内と介添えで昌幸は、聚楽第《じゅらくだい》に伺候した。さすがに、天下人の御殿である。圧倒されるような結構であった。

秀吉は、猿に似ているとか、信長ははげねずみといっていた、などといわれる。昌幸は、拝礼しながら、猿よりはげねずみの方がぴったりだと思った。と、――昌幸はびくっとした。秀吉は、つと立ちあがると、ひょこひょこと昌幸に近づいてきたのである。関白をつかまえて、はげねずみがぴったりだなどと思ったことが、昌幸を軽い動揺におちいらせたのだ。

秀吉は、ひょいと昌幸の頭に手をおいた。

「みなのもの、よく見よ。この男が覚悟の者よ。その覚悟の前は、上杉も北条も、徳川すらもてこずり、この男を抑えきれなかったぞ……」

秀吉は、軽い笑い声をあげ、軽く二度三度おさえつけた。

昌幸は、熱い感激を覚えた。控え部屋にさがると、大谷吉継も、

「上さまのあのような上機嫌な御様子は、久方ぶりでござった」

と、大いに喜んだ。

浅野、蜂須賀、黒田といった豊臣家レキレキの大名の前で、覚悟の者と褒められたのである。昌幸の面目、これにすぐるものはなかった。そして、昌幸は、秀吉が、痩せた男なのに、その手は大きく肉が厚く熱かったことを思いだして、あれが天下を取った手だ、と思った。その手の平の感触が、頭に熱く残っていた。

半刻の後、昌幸は、茶室へ案内された。京で流行している茶の湯というものを、信州の田舎侍は、不調法であった。

「初めてであれば、仕方がないではござらぬか。おいしげに呑みなされればよろしい……」

と、吉継は笑った。

にじり口からはいると、釜の前に秀吉がいて、先客が一人いた。色の黒い、小肥りの小男である。窮屈そうに坐っている。瞬間、

〈家康だな〉

と、昌幸は思った。

秀吉が紹介した。やはり家康であった。紹介したあと、秀吉は無心な境地を思わせる静けさで、茶を点てている。

〈この、干からびた小男が……〉

と、昌幸は思った。天下人なのである。小男といえば、昌幸も大きい方でなく、三人が三人とも小男である。が、秀吉は痩せているので、家康や昌幸よりちいさく見える。

昌幸は、天下人の、この無造作に、内心驚いた。家康は、ついこの前、戦い、しぶりにしぶって、ようやく十日ほど前、頭をさげたばかりの男である。昌幸とてどのような企みをもっていないとも限らない。わずか半刻まえ謁見を終わったばかりの男だった。二人のうちどちらかが、光秀の心をもてば、第二の本能寺の変がおこるであろう。

〈信玄公は、このようなことはされなかった〉

昌幸は、天下人というのは、自分の知っている武将とはちがった原理で動いているような気がした。昌幸は、家康が、自分を暗殺するために忍者を送りこんだことを思いだした。そのことを思うと、家康は、秀吉にくらべると、人物が一段おちるような気がした。

「両人とも、これまで色々といきさつはあったろうが、これより、忘れてしまえ」

と、秀吉は、言った。

家康が、ゆっくり頬をゆるませて、

「ただいま、忘れました……」

と、ぼそぼそとした声でいった。田舎くさい、なぜともなく不器用な感じであった。それでいて、どことなく小ずるいものを感じるのはなぜであろうか。

昌幸が、そう思うのは沼田一件以来のことかもしれない。が、好きになれない方の型の人間だなと思った。

「はい」

とだけ昌幸は答えた。

「来春早々、九州の島津を討つ。九州がすめば、関東、奥羽が待っておるわい。北条がすんなりと話がわかればよし、さもなければ、二人とも働いてもらわねばなるまい」

秀吉は、そう言って昌幸へ、奥行のふかい微笑を向けた。

「その方、徳川の配下につけ」

「………」

昌幸は、さきほどの微笑は、このためであったかと思った。もし、昌幸がいやだといえば、秀吉が困るのだ。困るといっても、昌幸が拒否すれば昌幸に罰を与えねばならないという困り方であった。

配下につくといっても、家康の家来になることではない。豊臣軍制下における軍事上の上役下役の関係にすぎない。沼田一件だが、仮想敵国である北条の言い分を秀吉がとりあげるはずがなかった。秀吉の家来になった家康が、秀吉に断りなく、秀吉の家来の土地について口出しするはずがなかった。

「はい、仰せの如く、徳川どのの配下につきます」

と、昌幸は頭をさげた。

それから数日後、帰国の許しがでたので、秀吉に暇乞いにいった。秀吉は、気軽く昌幸にあい、

「幸村は置いていけ。それから、その方は、家康を手玉にとったな……。されば、信

幸を家康のもとへ差しだしておけ。それで家康の家来どももその方へのあたりも柔らごう」

「承知致しました」

と、昌幸は、答えた。天下人は、こまかい心づかいをするものだと感心した。同時に、謁見茶の湯で一杯くわされた思いに苦笑を覚えた。信幸を家康に人質に差出すことだ。

四

天正十七年の夏、昌幸は、秀吉から上坂せよとの飛脚を受けた。

北条方より、沼田一件の訴えがあったので問い糺すことあり、というのが飛脚便の内容であった。

秀吉の九州平定後の目標は、関東、東北の平定であった。その関門に関東の雄、北条氏がある。秀吉は、北条氏の臣従を、武力によらず平和に行ないたいということで、北条氏に対して機会あるごとに当主氏直の上洛をうながし、待ちつづけた。

これに対して、北条氏も、内では戦闘準備をすすめながら、表面は、氏直の叔父氏規《うじのり》を自分の名代として上洛させたりして、秀吉にさからわない態度をとりつくろっていた。

しかし、秀吉の外交攻勢が次第に激しくなってくると、北条氏も、とりつくろう材料がすくなくなり、ついに、真田に横領された沼田が返還されれば、当主氏直を上洛させて臣従しようと言いだしたのである。

昌幸は、さっそく上坂した。この上方行きは、徳川家康と和解のために上洛したときから、三年目であった。

大坂に着くと、翌日、さっそくに呼びだされて大坂城に登城し、沼田一件につき石田三成、大谷吉継の訊問をうけた。聞き役として黒田孝高、浅野長政がいた。

これは、形ばかりといっていい。すでに、幸村が、大谷吉継に、そのいきさつを話していたからだ。

「要するに、徳川どのの落度から生じたようなものではないか……」

査問のあと、石田三成が底意ありげな口調でいった。

「治部少輔、この席で口にする言葉ではない」

黒田孝高が、びしっとした言い方をした。石田治部少輔三成は、軽く頭をさげて、盗み笑いするように笑った。豊臣家内部に暗流する派閥争いの一角をみるような場面であった。

昌幸は、三成の言葉をありがたいと思ったが、一方では三成の小賢しさに思えて、聞き役の心証を悪くするような気がした。

翌日、昌幸は、秀吉に招かれた。

登城した昌幸は、大谷吉継の案内で、茶室で秀吉にあった。

秀吉は、昌幸の挨拶をにこにこ笑いながらうけ、茶を点てた。いかにも機嫌のよさそうな笑いは、昌幸が茶を呑み終わるまでつづいた。秀吉は、ふと眉をしかめた。

「困ったことだのう……」

「………？」

「沼田のことよ……」

というと、秀吉は、笑顔を甦らせた。

「どうだ、沼田を北条にくれてやらぬか？」

秀吉は、何かを語りかけてくるような笑いをたたえた目で、昌幸を見つめた。

「沼田のことは、吉継や三成から聞いた」

秀吉は、吉継に顎をしゃくりながら言った。

「しかし、北条がうるそうてのう……」

秀吉は、軽い声をあげて笑った。

かつて、家康が昌幸に求めたことを、今度は秀吉が求めてきている。それも、その一件で、上田合戦がおこったことも知ってのうえだ。家康のときは、拒否できたが、秀吉の場合は拒みえるか……。拒否すれば、家康が、喜び勇んで討手となってくるだろう。上杉も援けはしない。いや、上杉もまた討手の一人となることは明らかであった。

「名胡桃《なぐるみ》は、くれてやらずともよい。川向こうはな……」

「………？」

名胡桃城は、沼田城から一里もみたない。沼田城の出城の一つであった。

「名胡桃は、真田の墳墓の地じゃそうな……」

「………？」

昌幸は、奇怪な思いにとらわれた。

真田の先祖墳墓の地は真田の家名を生んだ真田である。沼田、名胡桃は、査問のとき昌幸が力説したように、幸隆、昌幸父子で切り取った地である。そこに先祖の墳墓があるはずはなかった。

〈なにを言いたいのであろうか〉

昌幸は、秀吉の胸中をはかりかねた。そんな昌幸には頓着なく秀吉は、

「幸村じゃが、よい若武者になりおった。吉継に娘がいる、これと娶せてはどうじゃ。信幸には、家康の娘を貰うてやろう……」

いやか？　というような目を昌幸に向けたのち、愉快そうに笑った。

沼田一件の裁決がおりたのは、その翌日であった。

すなわち、沼田城は北条氏の持城とし、利根郡の利根川の東側および西側の小川城以南の地を北条領とす。真田は、利根川西の小川城に北と名胡桃城を領有する。吾妻郡は、岩櫃城を中心におよそ三分の二を真田領とし、あとを北条領。真田には、北条に割譲した分を信州伊那郡の内から替地として与える、というものであった。

この裁決は、真田、北条のどちらも不満であった。北条氏は、真田に横領されたとして両郡とも取りかえしたいと思っていたから、不満も大きかった。昌幸の方も、血と汗で切り取ったものを呉れてやるのだから、楽しいことではなかった。それでも昌幸の方は、替地もあることで、裁決に随う方が得策であった。

しかし、名胡桃城は、おかしなことになった。北条領の中に、飛び地になって残ることになった。

その夜、昌幸の宿舎に、幸村と大谷吉継とその娘が訪れた。

幸村とあうのは三年ぶりである。幸村二十歳、いや二十一歳か、落ちついた男になっていた。が、きらきら光る目は、青年の活気をあふれさせ、昔の、いたずらをさがしだそうとする目を思いださせるものであった。

吉継の娘は、色の白い典雅な美女であった。吉継が娘をつれてきたのは、秀吉のお声がかりで、余程の事がないかぎり幸村の室となる娘を見せにきたのである。

吉継が帰ったあと、この夜は父のもとに宿泊を許された幸村に言った。

「よい娘ではないか」

幸村は、照れくささそうに笑った。

「しかし、名胡桃城のことは訳がわからん。うすうす見当がつかないわけではないが……。とにかく、関白の真意をさぐってくれぬか」

昌幸は、頭をかしげながら言った。

五

「関白は、底意地の悪いお方よ……」

と、家康は声をひそめて言った。

「草履取りから、関白にまで成り上った男だから、大変な人物。化物と思って要心なされた方がよろしかろう」

北条氏規は、大きくうなずいた。

秀吉へ、北条氏の取次ぎは家康である。家康の娘が北条氏直に嫁いでいるためだ。

氏規が浜松へひそかに訪れたのは、北条領内に、ぽつんと残された真田領名胡桃城のことについて、であった。

なにゆえに、激浪中の島のように名胡桃をおいたのか。北条領にすることはできないか。

「真田の先祖の墳墓の地ということですが、真田め、名胡桃にあわてて墓をつくっておりますよ」

「ほう、墓を……」

家康は、苦笑した。

「上州、信州の者で、真田の墳墓の地が名胡桃にあったとは、誰も信じていませんよ。ちょっと調べればわかること。上方衆は、そのようなことに労を惜しむのでしょうか」

「事において緻密な関白が、労を惜しむということはないでしょうね。たぶん、何事も知っての上ではないでしょうか」

「やはり……」

氏規は、眉をよせた。

「囮でしょうか」

「と、考えられて要心をなされた方がよろしかろう。沼田城代は、どなたでござる?」

「猪股邦憲《いのまたくにのり》と申す者」

「おだやかな分別者でござろうな」

家康の言葉に、氏規は、うなずいた。

名胡桃城で、盛大な先祖供養が行なわれた。

上州の名山禅律、八宗九宗の僧侶百余、その宗々の威儀をととのえ、僧の言うには叉手問訊《しやしゆもんじん》、集会行道《しゆうえぎようどう》……、沈木の烟雲の如く、灯明の光星と似たる、のありさまであった。

上田からは、真田昌幸をはじめ一族郎党が参列した。名胡桃にはいるには、北条領を通らねばならない。真田では、そのことを几帳面に、沼田城代猪股邦憲に届けでて許可をもとめた。

猪股邦憲にとって、これくらい腹が立つことはなかった。

「あてつけがましい!」

大体が、猪股ら北条武士たちは、名胡桃城は、沼田の出城で、沼田が北条方に戻るなら当然、名胡桃城も戻らねばならない、と思っていた。

それなのに、名胡桃城のみ真田に残され、城代として鈴木主人がはいっている。名胡桃城は、沼田城から見える。朝に夕に不当に敵の手に残されている城を見るのは、目障りも目障り、放火して消失させるか、奪いとって自分たちのものにするか、なんとかしなければ我慢ならないような存在であった。

そして、その城、真田墳墓の地ゆえ、真田の手の内に残されたときけば、驚きあきれ、相手のこずるさが、むかむかする。

そこへ、真田は、ぬけぬけと墓を建てはじめた。嘘を正当化しようとするのを知ったときぐらい、人間は怒りを覚えることはない。

かっとなって、名胡桃へ押しかけて、墓をひっくりかえして嘲笑してやりたいほどだった。

が、猪股邦憲は、ぐっと己を抑えた。あの城は、草履取りあがりが猿知恵を働かせておいた囮かもしれない、というからだ。

立った腹をなでて無理やり横にして我慢していると、今度は、墓の供養という。いいかげん、頭にきているのに、わざわざ、道を借ります、といってくるのだ。

他国の侍衆が大勢で通過するとき、領主に断わるのは、礼儀であろう、が、この際、いやみであり、嘲弄であった。

しかし、それも我慢した。

とはいうものの、なんと小面憎い城であることか。

上州坊主の大読経の声が沼田城まで聞こえてくるようであった。

その三か日法会も終わった。真田たちは、再び、挨拶して上田へ帰っていった。

「猪股という男、なかなかしぶとい……」

昌幸は、感心して声をあげた。それから、曾呂を呼んだ。

「坊主を通して、猪股のこと、北条のことを笑わせよ」

「はい、どのように?」

曾呂は白い頬を傾けた。

「真田の嘘を天下に通用させるほど、北条は意気地なしか……、といったことだな」

「このままゆけば、小田原も、関白どのが、――小田原は墳墓の地なりというて受けとりにまいられても、北条は、文句一つ言えない道理だ、といったことでございますな?」

「さよう……」

「では、烏丸をつれて、さっそくに」

それから二日目、沼田の近くの戸鹿野という村の村長のところへ、若い夫婦者がやってきた。

夫婦は、愛想よく挨拶して、それから、村長が、あきれて、噴きだしたようなことをいった。

「御当家は、元来、われらの先祖の墳墓の地でありました。本日より、我らに当屋敷をあけわたしてもらいたい」

村長は、噴きだしたあと、気違いあつかいにして追いかえそうとした。

ところが、男は強い。下男や作男が四、五人いたが、あっという間に、足腰もたたぬほどやっつけられ、村長もまた大きなこぶをつくって家から追いだされてしまった。いうまでもなく家族も叩きだされた。

村長は、猪股城代へ訴えるとともに、村人を狩り集めて、我が家へ押し寄せた。

夫婦者は、家の戸を閉めきり、一人も寄せつけない。我が家に火を放っていぶりだすわけにもいかず、うろうろしているところに、城方から二十人ばかりの人数を出してくれた。そこは侍衆だから、掛矢でぶちこわして乱入してみると、夫婦者の姿は、なかった。が、物盗りらしく、家の中は、荒らされ放題であった。

その翌日、夫婦は、安中の城下に姿をみせた。安中城は、北条の老臣飯尾長景が城主で、これは武骨な男である。

夫婦は、ある豪農の家にのりこみ、家族を追いだし、たてこもった。村人が集まり、城方から人数がきたことまで、前の戸鹿野と同じだったが、家を乗っとった男が、囲んだ者に声をかけたことだけがちがっていた。家を乗っとった男は、母屋の煙出しから顔をだして、

「おまえら、そうやって押しかけているが、小田原の北条さまに訴えでるからな、北条さまは、おれたちのことをお取り上げになり、先祖の墳墓の地ならいたしかたなし、とおれの訴訟を勝ちとなさるぞ」

と、叫んだ。

それを伝え聞いた飯尾長景は、怒った。家もろとも焼き殺せと命じた。家は全焼したが、焼死体はなかった。

翌日、厩橋在の村と倉賀野で同時に、家の乗っとりがおこった。倉賀野の家乗っとりは、半日で終わり、乗っとり犯人夫婦の姿も消えたが、厩橋在の乗っとりは男二人で、まる二日ののち捕えられた。

これを知った飯尾長景は、小田原に使いをだして、

「これほど馬鹿にした秀吉の挑発を見逃がしていては、北条の名折、たとえ不利とわかっていても、起たざれば、世の物笑いとなりましょう」

と、言わせ、自らは沼田城へ駆けつけた。

そして猪股邦憲に言った。

「はじめの二、三の家乗っとりは忍びの者の仕業であったろう。忍びの者なら、秀吉の挑発として我慢もできた。ところが、それを真似する者がでてきた。これは、領民が我ら北条の者を嘲笑しているということではないか。坊主どもも笑うておるそうな。——北条は糞も味噌も区別はつかぬらしい、いわれるままに糞をつかむ……、とな。どうだ、城代、名胡桃、一気に押し潰そうではないか。小田原に言うてやったとて立ちあがりはせぬ。おれたちが、立ちあがるきっかけをつくってやろう。北条の恥をそそぐのだ」

「安中の殿が、そういってくれると、わしも心強い……」

と、猪股は喜んだ。

「今日まで三か月、朝に夕に、真田にコケにされどおしであった。この鬱憤、はらさでおくものか」

霜の厚い朝、猪股邦憲は、突如、名胡桃城へ押しかけた。不意をつかれた名胡桃城は、落城し、城代鈴木主人は自害した。

十月二十九日、秀吉は聚楽第において昌幸発の名胡桃城事件の報に接した。

「やれやれ、しんどいことになりおったぞ」

秀吉は顔をしかめてうすら笑った。

北条を懐柔すれば手数はかからない。が、北条氏を存続させれば、五代百年余におよんで培った積年の威勢を関東から消しさることはむつかしい。そうなれば、秀吉の天下仕法にも支障をきたすであろう。

やはり北条は叩き潰しておくにかぎる。

「それに、北条領三百万石がうくではないか」

秀吉は、にたにた笑った。

六

秀吉は、小田原征伐を決定した。

各武将は、天正十八年二月一日より三月一日までの間に、出発せよ。

東海道――徳川家康、織田信雄、蒲生氏郷。

東山道――上杉景勝、前田利家。

海上――九鬼嘉隆、加藤嘉明、脇坂安治。

動員兵力三十万。

秀吉自身も、三月一日、京を出発した。

昌幸も千五百人の軍役で、東山道方面軍の一隊である。昌幸には、信幸が従った。信幸には、本多忠勝の娘で家康の養女となって嫁いできた小松があった。信幸は、小松をつれて帰郷、父に従って出陣したのだ。幸村は、大谷吉継に従っていた。

上杉景勝は、一万の兵をひきいて春日山を発向、海津城にはいって、雪で遅れた前田利家、利長父子の到着を待った。三月中旬、前田隊一万八千の到着により、真田昌幸、信幸父子三千と小諸城主松平康国四千を先鋒に、出発した。三月下旬、総勢三万五千余は、碓氷峠を越えて関東にはいった。

関東にはいって、最初の城は、松井田城である。大道寺政繁が二千余の兵をひきいて守っていた。

東山道軍は、大道寺を誘降しようとしたが大道寺は拒否した。

昌幸は、八年前の武田滅亡を思いだした。あのとき、武田方は、織田、徳川の侵入軍を見るや、ほとんどの者が、たちまち降伏した。いま、昌幸と同じ攻撃口についている松平康国、康貞兄弟の父依田玄蕃も、駿河田中城を守っていたが、その城を徳川家康に差しあげるように降っていた。そうした武田にくらべると、北条は、よく家来を養っていたといえる。

松井田城は、固く守ってなかなか落ちない。

東山道軍は、城下に竹楯や土俵で仕寄せを設け井楼をあげて城を囲み、その一方、諸隊を分遣して、近傍の諸城を攻略した。味方との連繋を失い孤立した松井田城は、ついに開城降伏した。

昌幸、信幸父子は、箕輪城を攻略した。これにより、和田、藤岡などの十数か城も、風を望んで降り、上州は、ほぼ平定した。沼田城も、猪股邦憲らは脱出し、名胡桃城とともに、降った。名胡桃城の、昌幸が先祖を祭った廟は、破壊されていた。

それより、東山道軍は、武蔵にはいり、本庄、八幡山、深谷、東方、川越、松山等を降し、鉢形城へ向かった。

鉢形城は、寄居町の南、荒川岸の断崖上に天峻の要害をほこっていた。守将は北条氏政の弟氏邦、兵三千三百。沼田城代猪股邦憲もこの城に逃げこんでいた。

鉢形城は、五万の兵に囲まれて善戦したが、ついに降伏し、城主氏邦は、近くの正竜寺にはいって髪をおろした。

昌幸が、前田利家と同道で、鉢形攻略の報告に小田原へでかけるために支度をしていると、曾呂が、笑いながら、

「猪股邦憲が雑兵にまぎれて、退散しようとしております」

と、言ってきた。

「猪股か……」

昌幸は、軽い感慨を覚えた。今回の戦いの口火を切ってくれた男である。

「どのような男であろうか」

昌幸は、興味を覚えて、陣所をでた。

寄居道を、武装解除された雑兵が、おどおどしい集団をつくって、足をひきずりながら歩いていた。

「あれに……、あの背の高い男の左……、そうです、二人目……」

と曾呂が言った。

ざんばら髪にうすよごれた顔の五十歳前後の男が、ぼろぼろの腰切をきて裸足で歩いている。人一倍おどおどしく身を縮めていた。

「あれが……」

「そうです、人間って、ほんとうにいる場所で変わるものですねぇ！」

かつては、たとえば名胡桃城に押し寄せたときは、兵を叱咤したことであろう男が、いま、ぼろくずのような敗残兵の中で、もっともぼろくずであった。昌幸は、ふっと哀れをもよおし、何か金品を与えてやろうと思った。

「おい、そこの……」

と、声かけた。

猪股は、ぎくっとして目をあげ昌幸を見ると、首をすくめて、背の高い男のかげにかくれようとした。が、歩みよる昌幸に射すくめられたように立ちどまった。

「猪……」

と、いいかけたが、昌幸は、つづく言葉を嚙み殺した。見逃してやるのが情けだと思った。いや、堕ちてしまった者に用はない。

「いや、なんでもない、行けい」

昌幸は、敗残兵の列に背を向けた。

「安房、昌幸……」

と、秀吉がふりかえった。

「こちらへまいれ」

昌幸が側へ寄ると、秀吉は、どうじゃ、と言いながら杖がわりの鞭をあげて眼下をさしめした。

眼下は、小田原城であった。それをとりまく包囲陣も見える。海上には、無数の船舶が遊弋していた。

「これほどの合戦は、見たことはなかろう。信玄、謙信は、なかなかの合戦巧者であったが、所詮は田舎の小競合いでのこと、この大軍を我が手足の如く動かせはすまい。見おさめじゃ……、よく見ておくがよい」

「………」

「昌幸……」

「はっ」

「沼田は、悴にやろう。家康が、たいそう褒めていた」

「ありがたきしあわせ……」

と、昌幸は礼をのべながら、秀吉が見おさめといった言葉を、胸の中にくりかえした。

〈おれの代は、終わった……〉

と、思った。

霧の中

一

柴田勝家が笑っている。腹をおさえて、おかしそうに笑っている。

まさに哄笑である……、ふっと昌幸は、目をさました。

妙な夢を見たものだ、と昌幸は思った。勝家が滅んでから十五年になるが、これまで一度も夢など見たこともない。夢どころか、このごろ柴田勝家のことなど、話にもきかないし、思いだすこともない。それに、昌幸は、勝家とあったことはない。夢とは不思議なものだ。と——、部屋の外から声がした。

「お目覚めでございますか?」

曾呂の声である。昌幸が返事をすると、曾呂は、するりとはいってきた。

「太閤が亡くなりました」

「ほう……」

昌幸は、思わず声をあげた。

「柴田どのがな、夢枕に立って笑った、笑いおった。その笑い声で目がさめた」

「まあ……」

今度は、曾呂の方が感動した声をあげた。

「太閤が病んでいる、もはやたすからぬ、と思って寝たからであろうな」

「柴田さまは、太閤を恨んで亡くなられたのでしょうから……」

「いま、何刻だ？」

昌幸は言いかけて、いつもより寝すごしたと気がついた。同時に、曾呂が昌幸の目覚めを待っていたらしいことにも気がついた。

〈太閤の死も、それほど軽いものとなったか〉

と、昌幸は、苦笑した。それも当然であった。秀吉は、この一か月、あすか今日かと危篤状態がつづいていたので、死んだからといっていまさら、一刻を争って知らせることでもなかった。

「沼田には、知らせてやったか？」

「はい。沼田の殿さまは、さっそくにこちらへまいられるとのことでございます」

「信幸がくるのか……」

昌幸は、もう一度、苦笑した。太閤の死が軽いのでなく、昌幸が軽いのだ。太閤の死の通報が上田を中継して沼田へ行き、沼田から信幸がくることを知らせる使いがきた時間を考えると、太閤の死の報せがきたのは、昨夜か今暁と思われる。そのとき、たぶん、

「御隠居さまをお起しするほどのことでもない」

ということで、ほうっておかれたのだ。

上田は、いまや、沼田の支城であり、城代は幸村であった。幸村は、大坂につめていた。

信幸がきたのは、それから、まもなくであった。沼田から上田までおよそ二十五里、一気に馬をとばしてきたのだ。

「父上、これから、どうなるでしょうか?」

信幸は、これが幸村ならはずみきった様子でいうところを、冷静な声と態度で言った。

「どうなるとは……? 所詮、なるようにしかならぬであろうよ」

「豊臣家は、大変でしょうな……」

嗣子秀頼は、六歳。豊臣家内部は、石田三成ら文吏派と加藤清正ら武断派に分れて、いがみあっている。この文吏派と武断派の対立は、秀吉在世のころからあった。秀吉という大きな人格があったので、包みこまれ、抑えつけられて、その生存中は、まがりなりにも、表面化することはなかった。

が、いまや、重しがとれたのである。いつか暴発する。近い将来に必ず爆発するだろう。秀吉子飼いの家来たちがこうでは、とうてい幼い秀頼を盛り立てて豊臣政権を安定させることはできるまい。

「父上、天下は、再び乱れるでしょうか」

「どうかな。乱れるといえば乱れよう。ごたごたはおこるだろう。だが、信幸が考えているような、——群雄割拠して……、というようなことはなかろう。かつて、信長の跡をどうするかで織田家はごたついたが、織田の家臣はばらばらにはならなかった。柴田、羽柴の二党に別れたが、織田の支配地が崩壊したわけではない。一方が一方を倒せば、そっくり織田の支配地は勝った者の手に入った……」

そのように、と昌幸は言った。

「ごたごたはおこる。が、群雄割拠の昔には戻れない。後継者争いはおこる。勝った者が天下をとる」

「天下をとるお方は、どなたでございましょうか」

「うむ……。世の中は、霧の中に入ったようだな。しかし……」

昌幸は、ふと立ちあがり、縁先へでた。腰に手をあてて庭を眺めた。それから、重い、だがはっきりした声でふりかえらずいった。

「徳川どのであろうな……」

「父上……」

信幸は、目を見はって、昌幸の背を見た。

「前田利家は小粒、上杉景勝は、百万石も貰って喜んでおるが、あれは小僧っ子……」

「西の毛利どのは……?」

信幸の、珍しくはずんだような声で、昌幸の背に声かけた。

「毛利か……。あったことはない。が、織田信雄のような男ではないのか……。周りにすぐれた者がいて、苦労知らず。天下取りのような大博奕がうてるかな……」

昌幸は、ふっともとの座に戻った。

「信幸、誰が天下をとるか……、それは、おれたちからみれば、雲の上の話だ、雨が降るか降らんのか、本当のところはわからぬように、わからんことだ。その方は、ただ、真田の家名を残すことに力をつくせ。おれも、幸村も、真田の家名を残すことに努力する。雨が降っても降らんでも、得をする者は得をする。出水があっても、押し流されぬことよ」

「沼田の殿は、たいそう喜んで帰られました」

曾呂が、意味深い笑いをみせた。

「おれが、家康を嫌っているのを心配してきたのだ……。信幸なら、家康を拝むことができる」

「大殿も、嫌いなお方でも拝むことがおできになれましょうに」

「それはそうだ。拝まねば、この首がとぶ……」

昌幸は、自分の首筋をほたほたと叩いた。大閤に、信幸を徳川へ差し出せといわれたときは腹も立ったが、いまとなれば幸いであったか。昌幸は首を叩いた手で、つるりと顔をなでてから言った。

「大坂へ行く。太閤が逝くなられて知らん顔もできるまい。土佐に支度をするよう伝えてくれ。供は……、といいたいが、隠居の者が、多すぎるであろうな、二十人、影供十人か、ただし、屈強な者を選ぶように。曾呂の手の者を加えておいてくれ。おれは、家康に嫌われているからのう……」

二

秀吉を洛東の阿弥陀ヶ峰に密葬し終わると、家康は、ほっとした。秀吉の死以来、ほとんど不眠不休であった。屋敷へ帰ると、ぶったおれるように眠った。まるまる一日ちかい眠りであった。

起きたとき、寝くたびれたのか、まだ疲れがとれていないのか、全身がだるかったが、湯あみすると、身体の内に、なにかこう形になって現われてくるような感じだ。

〈秀吉が死んだ！〉

実感が、全身をゆすぶった。

家康は、浮きたつような気分で居間にはいると、本多正信がきて待っていた。

「御苦労さまでございました」

正信は、深々と頭をさげた。次にあげたとき、正信の目は、まっすぐ家康の目を見あげた。その目が、涙がたまったようにきらめき、つづいて、その目だけが喜びに笑っていた。

「殿、いよいよでございますな」

「うむ……、いよいよだ……」

家康は、さきほど湯殿で覚えたような、力のこもる笑いを覚えた。

「殿、これを……」

と、正信は、懐から紙片をとりだして、家康へさしだした。

「前田利家、佐竹義宣《よしのぶ》、南部……」

家康は、これはなんだ、というように、正信を見た。

正信の頬に、さざなみのような微笑がうかんだ。と――、正信の頬が、ぴりっと引き締まり、茶っぽく光った目を向けて、

「不用の方々……」

と、低い声であったが、まるで気合のように言った。

「不用の……」

「殿の天下取りのためには、不用の方々……」

正信は、軽く頭をさげ、そのまま、動かなかった。

「………！」

家康は大きく息をはいた。家康は、鷹を思いだした。さっきの正信の鋭い目も、鷹

の目に思えた。

〈いや、鷹匠ではないか〉

と、思った。「不用の方々」と言ったときの正信の声は、狩りたてられて飛びだした獲物に鷹をやる掛声そっくりだった、と思った。そして、まさに正信は鷹匠あがりであった。

家康は、改めて、黒色名薄ともいうべき紙片に目をおとした。片頰が、ひとりでにゆがみ、ふるえた。

十数名の大名の名があった。二十名ばかりの大名の家臣の名があった。また、不用の者の外に、有用の者として、大名の家臣の名も十名ばかりあった。

「前田利家は、病いにかかっておる。草津へも夫婦して湯治にでかけたくらいではないか、わざわざ致すまでもなかろう」

「いいえ、かなり持ちなおったとのことでござります。やはり……。加藤、細川、黒田といった武断派の拠所となりますから、前田は、用心するにこしたことはありません」

「石田三成、小西行長の名は見えぬの……」

家康は、ふくみ笑いした。正信も、うすら笑った。

「大事な火種でございますれば……」

石田三成は、家康を一番嫌っている。鼻っ柱の強さ、利れ者であるところから、事をおこしそうな男といえば、石田三成こそ、第一の者であろう。小西行長は、石田三成とともに武断派に骨の髄まで憎まれている。

「しかし、小早川秀秋が見えぬのはどうしたことか?」

「あ……。失念しておりました。五十二万石秀吉猶子の大物でござりました……」

正信は、頭をかくようにして失態を詫びた。

「お書き加えください」

「いま一人、忘れておる」

「はて……? それは?」

「真田よ……、信州の古狸、昌幸よ」

「真田、でございますか。昌幸は、隠居同然の身でありますし、表裏比興の者といわれますだけに、先の見通しはあやまりません。真田は安心と思いましたが……」

「いや、奴はいかん。比興とは不都合者のことよ、心賤しき者よ。わしは、奴のなすことすること予想がつかぬ。敵なら敵でよい、こう致すであろうとわかる相手なら、そう致させぬよう手段もある。が、どう動くやらわからぬものほど、恐ろしいものはないぞ」

「いかにも、さようでございました」

「かつて、奴を襲わせたことがあったな、しかるに、奴はのうのうと生きておる」

「わかりました」

と、正信は、恐縮した。

「して、鷹はいるか?」

「おります。伊賀、甲賀、風魔……、服部半蔵が仕込んでおります。さらに……」

正信は、にんまりと笑った。

「柳生一族が加わりました」

三

大坂は、朝鮮の役で名護屋陣への行き帰りに立寄っていたので、昌幸には四年ぶりであった。

四年ぶりの街は、ひどくうすよごれてみえた。太閤の死のせいか、それとも外征のため経済力がおちたのか、街は不景気な表情である。侍も一般の町民も、よそよそしくとげとげしい陰険な目付きをしていた。

昌幸は、城西の真田屋敷に旅装をといた。

幸村の室お大が、身重の身体をゆっくり運んできて挨拶した。信幸の妻は、しゃきしゃきしていて、いかにも三河の働き者の娘といった感じだが、幸村の女房は、おおどかなお姫さまである。どちらもよい嫁である。が、昌幸は、どちらかといえば幸村の嫁の方が気が休まって好もしい。

幸村も、まもなく帰宅した。幸村は、三十二歳、生きているのが、面白くってたまらないという様子であった。女の方も五、六人に手をだしているらしい。信幸とは、ずいぶんちがう。一歳ちがいの信幸、幸村兄弟、顔立ちも背恰好も、ちかごろは声まで似ているというのに、性格はずいぶんちがう。

昌幸の二つのちがった性格、——こずるいほどの冷静さと、事あれば時に利害を忘れてかっとなってしまう性格を、信幸、幸村が、それぞれ強調して受け継いでいた。

「太閤さまの御逝去の通知があったとき、信幸は、馬をとばして駆けつけおった……」

昌幸は、そのときのことを話してやった。

「やはり、徳川どのですかな……」

幸村は、さえない顔で言った。

「さようなこと、この大坂では申せぬことですが、やはりそうですか……」

「たしかに、大坂では申せぬな……」

昌幸は、苦笑した。信州では「太閤が死んだ」であったが、ここでは「太閤さまの御逝去」である。そういういいかえをやれる自分が、ひどく俗物根性に思えた。もっとも、俗物根性のゆえに山間の小大名が、今日まで生きのびてきたのだ。

「家康は、なんといっても……、おれもあまり好きにはなれぬ家康だが、大物だ、家康に対抗できる者が他にいるか？」

「残念ながら……」

幸村は、首をふった。

「しかし、てまえも、徳川どのを好きになれませんな」

昌幸は、笑った。自分に似ている、のである。

「いや、人物とは思いますよ。兄上や父上の仰せのように、徳川の天下になるかもしれません。が、それがしは……」

幸村は、形を改めて断乎とした口調でいった。

「徳川どのには、天下をとらせたくないと思っております」

「………」

昌幸は、兄と弟、それぞれ人質に出され、人質になった側を褒めるようになったのが、内心、微笑えましくおかしかった。人間、そういうような身びいきがある。しかも、この身びいきには、兄弟の性格にぴったりであった。陰性な家康側に温和で地味な信幸、陽性な秀吉の側に、気のつよい華やかな幸村。もしこれが反対だったら、人質先を甚だ嫌うことになっていたかもしれない。

「それがしは、豊太閤の遺子秀頼さまを盛りたててゆきたいと思います」

「大変なことだな」

「大変です。相手が徳川家康ですから」

「うむ……」

昌幸は、ちょっと考えこむようにちいさく呻いた。兄弟が、はっきり別れた。

「それもよかろう……」

昌幸は、言葉をかみしめるように言った。

「信幸は、真田の家名を残す、その方は、真田の武勇を残す……」

昌幸は、十数年前、沼田の一件から徳川氏から離れることを決心したときのことを思いだした。あのときは、家康のあまりにも身勝手さに、利害得失も棄ててかかった。そのとき、昌幸は、今の幸村と同じくらいの年ごろであった。

昌幸が、しかるべき役向き、大名衆に挨拶をすませて大坂を離れたのは、それから三日目のことであった。

伏見に立ち寄った。先に石田三成から、ぜひ、おあいしたいといわれていたからである。もっとも、石田に言われなくとも、伏見には顔をださねばならなかった。

伏見城がある。この城は、秀吉が明の講和使節を迎えるために建てた最後の城であった。が、使節送迎は実現せず、秀吉が、遺していく幼い秀頼の将来を案じながら息をひきとった城である。秀吉が晩年をここですごしたため、亡くなったいまでもそのまま五大老、五奉行などの豊臣政権の機関を残していた。

豊臣家の家臣である大名は、その進退を奉行までとどけねばならない。昌幸も、上ってきたときも届け出たし、帰国にあたって、その旨、届け出るため立ちよったのだ。

昌幸は、伏見に着いた夜、さっそくに石田三成の招待を受けた。

石田三成とは、小田原戦以来、顔見知りである。名護屋でも、何度かあっていた。その四年前からすると、三成は、ぐっとふけたようである。四十歳になったかならないかの年ごろと思うが、五十歳前後に見えて、昌幸を驚かせた。またさらに、驚かせたのは、

「おなつかしゅうござる」

と、自ら、昌幸を玄関先まで迎えにきたことであった。秀吉在世中の傲慢さは、まったくなかった。

たいそうなもてなしをうけた。その間の会話も、昌幸に、昔のことなど多くを語らせ、かつてのように、多くを自分がしゃべり、聞き手にまわればあくびをかみころす、というようなところはなかった。三成の、昌幸を招いた真意が奈辺にあるか、見え見えであった。

〈しかし、いまからでは遅いのだ……〉

歓待をつくされながら、さして有難くも楽しくもなかった。

最後に、三成は、言った。

「左衛門佐どののこと、我ら頼りにしておりますよ」

左衛門佐とは幸村のことである。

翌日、伏見城に登城し、諸向役衆に挨拶した。挨拶もすんで下城しようとするところへ、家康があいたいといってきた。

家康は、秀吉の死後二十日もたたないのに、伏見城の主のような存在になっていた。

城内でも奥深い書院に案内されると、本多正信が、待っていた。正信は、家康が不在なことを、家康の謀臣といわれるにしては不似合いなぼそぼそとした口調で弁解した。すなわち、家康は、ついいましがたまでここで昌幸を待っていたが、在韓将兵の召還状に疑義があったとかで前田利家、石田三成に呼ばれて、ちょっと席をはずした、しかしすぐもどるから待っていてくれるように、ということである。

そんなことを話しているところへ、家康が戻ってきた。肥えた身体をころころさせて、かなりせわしげである。

「呼びつけておいて、申しわけない。お察しあれ。しかし、おなつかしい……」

家康は、座ると同時に言った。

「上田でさんざん苦杯をなめさせられたゆえ、憎さも憎し、なつかしやの碁仇の気持ち……」

と、家康は、笑った。

「切角、伏見までおいでになり、おあいできぬのはいかにも残念、人間、いつどのようなことになるやもしれぬ、おあいできるときは、ぜひ、あっておきたい……」

家康は、早くも立ちあがり、

「失礼の段、重々、お詫び致す。なんぞ、お話があれば、正信におもらしくだされ……」

と言って、出ていった。

昌幸は、笑った。

「真田どの、まこと申しわけございません、それがし、主人になりかわりまして……」

「いやいや、不快に思って笑ったのではござらぬ。万端、事情のほどはお察し致す」

昌幸は、ほどなく退出したが、このときの家康に、あるさわやかな印象をいだいた。人を呼びつけておいて、いわゆる白湯もださなかったのに、歓待してくれた石田三成より好感をいだいた。ついで、追っかけて、家康から、黄金十枚、貞兼の脇差が贈られた。城中での不本意な会見を詫びてのことである。甚だ念のいったことであった。

これで、家康の意図も見えた。三成と同じである。が、なんと三河の山猿出の方が、京近くに育った三成より垢抜けしているとは。

四

夜である。ぼんやりと明るいのは、雲の上に月がでているからだ。

柳生庄の天之立石神社の社前に、十数人の黒い影が額づいていた。

やがて、最前の影が身をおこした。つづいて十数人の影も立ちあがった。影は、静々と歩を運び、境内はずれの黒い岩を囲んで立った。その岩に手をおいた。

「されば……」

と、老いた声が、低く聞こえた。と──、

「行けっ！」

裂帛の声がおこった。

「はっ！」

十数人の影が、一斉に消えた。

長身の影一つと二つの影が残った。

「真田昌幸か……。よもや討ちもらしはすまいのう……」

老いたしゃがれた声がもれた。

「合戦は上手でありましても、大名衆でござりましょうから……」

別の声が聞かれた。

雲がきれた。月光が、銀粉をふりまくように、三つの影を照らしだした。

長身痩軀、白髯の顔が、浮きあがった。柳生石舟斎宗厳《むねよし》であった。

岩にも、銀鱗が輝いている。一筋の亀裂が走り、岩を二つにわけていた。この岩こそ、石舟斎が、柳生新影流に開眼したとき、一刀のもとに断ち割った岩であった。

昌幸一行は、夕映え空にうかぶ比良山を遠く、左手に見ながら、近江路を下っていた。前後二十人。昌幸は、馬を降りて歩いている。

昌幸のすぐ後を曾呂が行く。若衆姿だ。美しい。一行を見送る者が、等しく曾呂にみとれるほどであった。

「才蔵……」

曾呂は、声かけた。昌幸の前をいっていた若侍がふりかえった。昌幸に会釈してとどまり、曾呂と並んだ。十八、九の色の白い男だ。葛一統の一人である。上田にきたときは、四つ五つの子供だった。

「叔母上、なにか?」

「馬鹿者っ、叔母上などと……」

「忍び声ですから……」

「口返しはなりませぬ」

「はい……」

これだけの会話も、すぐ前を行く昌幸も、その前後の侍たちも、ふりかえりも、笑いもしなかった。

「気がつかぬか？」

「やはり、そうですか」

「では、まぎれもなしですね」

曾呂が言ったとき、右手の山中から、鳥の声が聞こえてきた。一番先頭に行く侍が、わざとらしくない程度に、片手をあげた。

再び、鳥の声とも笛の音とも聞こえる音がした。影供の忍び笛である。それは、

「十人あまりの達者な男、半里あとを追尾す……。何者ともしれず。皆、業物を所持……、用心されたし、以上……」

と、知らせてきた。

先頭の男が、手をあげた。了解の合図である。応答の口笛は吹かない。列の中から口笛を吹けば、影供のあることを教えるからだ。手をあげた先頭の男が、ちらとふりかえって曾呂を見た。曾呂は、うなずきかえした。

「大殿、今夜は、佐和山にお世話になりましょう……」

「そうか、なにか、出るか……。ではそういたそう。石田が喜ぶ」

佐和山城は、石田三成の居城であった。

「石田三成に過ぎたるものが二つある。島の左近に佐和山の城……」

と、うたわれた城である。三成は文吏派と蔑まれながらも、十九万石の財力をうわまわる名城を築いていた。島の左近は、元筒井家の臣で、勇猛の士。三成が、はじめて水口四万石の大名になったとき、その封禄の半分二万石で召しかかえたものである。

かねがね、大名、豪傑で、佐和山を訪れる者には、よくもてなせと三成に言われている家臣らは、昌幸一行の宿泊を喜んで受け入れた。

翌朝、昌幸一行は、石田家から駕籠を借りて、佐和山を出発した。

一行は、東山道にはいって醒井宿をすぎ、一色から梓越えにかかった。霧がでていた。道は曲がりくねって、だらだらとのぼっている。ときおり、霧が流れて、行手を灰色の壁の中に包みこんだ。

山も、立ち上りが、険しくなっていく。

峠をすぎると、今度は、坂が、急な下りとなり梓村へ落ちこんでいる。自然、足早におりていくと、道にそって七、八軒のばらばらっと民家が並んでいる。ここも霧。霧は、家の屋根をしっとりとぬらして軒端から雫をたらしていた。

駕籠が、部落の中ほどに達した。駕籠脇の才蔵は、五感がぴりっと引き締った。駕籠をかついでいる者の背すじも、ぴんと張ったようにみえた。

次の瞬間、左右、頭上から、真っ黒い固りが、駕籠に向かって襲いかかった。

才蔵の身体が、はじき飛ばされたように飛びあがり、霧の中に消えた。

激しい絶叫と喚声がまきおこった。

全身一本の刀に化したような列刀が、駕籠を貫いた。

「やった！」

と叫んだ。ぶっつかった勢いで、駕籠が傾いた。その背は、瞬時に、駕籠かきに割られて血しぶきをあげた。その駕籠かきが、また、脾腹をおさえて絶叫して、はじけとんだ。

烈刀と激剣が、唸り、嚙みあい、火花を散らした。その瞬間に、どちらかが倒れた。いや、多く、真田方が倒れた。

強い。黒い布を頰かぶりにしたばかりの襲撃の集団は。

その剛刀は、駕籠へ向かって、さらに突きたてた。と、悲鳴をあげて地面に叩きつけられた。頭に手裏剣が埋まるように突き刺していた。

烈刀をふりかぶった頰かぶりが、ふりかぶったまま、もんどりうって倒れた。

二人を相手に斬りたてていた頰かぶりの胸に、手裏剣が立った。とたんに、相手の二人の刀で、顔を割られ、腹を刺された。

すきをみて、三人目が駕籠へ向かった。戸を開けて、

「謀られた！」

と、叫んだ。その瞬間、その男は棒立ちにたった。背に手裏剣が音たてて刺った。頬かむりの一人が、坂をかけのぼって逃げだした。霧の中から、手裏剣が三本つづけざまに男のあとを追って飛んだ。一本が男の足元の地にささり、二本目が男の腰に突きたった。三本目は、男の肩先をかすめて飛んで石にあたって、音たてて火花を散らした。

二人の男が、坂の上でのたうつ男の方へ駆けていった。のたうっていた男は、口に刀をくわえた。地に伏した。とたんに、うなじから白刃が、突き出た。

霧の中から才蔵が、ふわりと地上に舞いおりた。おりて、肩で息をしていた。

戦闘は、終わっていた。五、六人が、やっとの思いで立っていた。あっちこっちに血を噴きだした死体が転がっていた。のたうち、呻いている者もいる。

「おいっ！　ぼやっとするなっ！　怪我人を看ろっ」

隊長の筧十蔵が、刀を杖にして叫んだ。片面がざくろのように肉をはじけさせて血をぽたぽた落としていた。

立っていた者たちが、正気づいたようにとびあがって走りまわった。
七、八軒の部落だが、こそとも音がしなかった。
才蔵が、走りまわって家々の戸を叩いた。何人かでてきて、ひえっと叫んで立ちすくんだ。

怪我人は、みんな真田方であった。

襲撃人は七名、全員、死んでいた。最後の一人だけが、自分でとどめを刺して死に、あとは、ずたずたに斬られていた。そのうち五人は、手裏剣を深ぶかとうちこまれていた。才蔵が、家の屋根からうちこんだものである。

「いったい、どこの手の者か?」

頬かむりをとって人体を改めても、まったくわからなかった。忍びの者の風体とも思えなかった。

「こんなすごい集団は、はじめてだ……」

筧十蔵が、唇をふるわせて言った。

真田方の死者は、五人、重傷者は九人。そのうち二人は、助かりそうもなかった。

軽傷者は全員、いや、才蔵だけは、無傷であった。

才蔵にひったてられるようにして村人がきた。筧十蔵は、その村人を駕籠の前につれていった。

「米だ……」

駕籠の中には米一俵がのこっていた。突き刺されたところから、米粒がすこしこぼれていた。

「それから、少々ながら銭だ」

十蔵は、駕籠の天井に吊っていた袋包みをはずして、村人の前につきつけた。

「この死人たちの仕末をしてくれ。我らは、信州上田の真田家の者。突如、何者とも知れぬ者に襲われて、かくの如し……。その方らも見知っての通り。よろしくたのむぞ。いずれ近いうちに、改めて挨拶に参る……」

そのころ昌幸は、曾呂以下五人に守られて、すでに岐阜を過ぎようとしていた。

関ヶ原

一

家康は、伊達政宗を、玄関まで送ってでた。終始、にこにこしていた。それは、六男忠輝の妻に、政宗の娘を貰うことと決まったからだ。

徳川家北辺の守りの一つは、これで固くなった。かつ、家康の党に有力な大名が加わったわけだ。喜ばないはずがなかった。

このような大名間の婚姻は、五大老の承認を得なければならないというのが、秀吉が遺した掟であった。五大老とは、徳川家康、前田利家、宇喜多秀家、上杉景勝、毛利輝元。その掟の無視であった。

家康は、五大老の筆頭のおれが承認したのだから、政宗の娘との婚姻は許されるというのであろうか。いや、まだそこまでやる強引さはない。まだ秘密であった。六男もまだ六歳なのだ。

伊達政宗が去ると、とたんに家康は、不機嫌になった。

またもや、昌幸を取り逃したからである。

「又右衛門……」

と、家康は、荒い声をあげた。

「は……」

と、若い男が、家康に向かいあうように立った。小姓は、跪まずいた。

「柳生の剣も通じなかったのう」

「申しわけありません」

若い男は、口では詫びたが、頭はさげなかった。自然に立ち、両眼をうすく開いて宙に放っている。これが、この男の、家康を守る構えであった。

家康身辺警護のための扱量を試されたとき、この構えで、前後左右から打ってきた手裏剣を叩き落としたのだ。そのため、

「おそらく、日本一でしょう」

と、服部半蔵は感嘆した。

「殿は、これから一段と御身辺を警戒なされねばならぬとき、よい若者を得られましたなあ、殿の武運と申すものでしょう」

そういう若者である。半蔵は、家康の武運を守るといった。たしかに、この若者を召しかかえたのは、秀吉が死ぬすこし前のことであった。

家康は、絶対の信頼をおいた。この若者、柳生石舟斎の五男又右衛門宗矩《むねのり》であった。

「てまえを、お遣しくだされば、必ず……」

「なにっ……」

家康は、思わず周囲を見まわした。家康が昌幸を狙わせたように、昌幸も家康を狙っているだろう。

「馬鹿を申せ、その方は離れてならぬ」

家康は、さらに機嫌悪そうに言って、書院へ戻った。

書院では、本多正信が、嬉しそうな顔を輝かせて待っていた。

「殿っ、いま、たったいまからでも上さまとなられることができますぞ」

「なにをはしゃいでおるっ。年甲斐もなく。伊達がこと、まだまだ先のことよっ」

「いやいやいや……、殿、南蛮大筒二十六挺火薬六百樽、と申せばいかに？」

「………？」

「それが、お手に入りますぞ」

冷静な正信らしくないはしゃぎようである。

「まず、話をお聞きくだされ」

正信は、使番を呼んで、桑山修理太夫一晴《しゅりだゆうかずはる》をこれへ、といいつけた。

「桑山……、和歌山のか？　たしか二万石……」

「はい……」

と、正信は、笑みくずれている。

やがて、桑山一晴が案内されてきた。若い。一晴は、かつて諸大名が、秀吉にそうしたように、家康に、うやうやしく拝礼した。

「申してみよ」

と、家康も、秀吉が諸大名にしたように、顎をつきだした。

「四日前の夜の嵐のときでございます……」

声をふるわせるようにして、一晴は言った。

南蛮船一隻、和歌浦沖に漂着、座礁、よって南蛮人は、小舟で本船より離脱したが、途中で転覆、全員溺死した。翌日、嵐がやんだので、船改めにでかけてみると、五人の生き残りがいたので、救出し、積荷をも陸揚げしたという。その積荷が、南蛮大筒、火薬その他であった。

「太閤様御他界後、世上、なにかと不穏でございますれば、これを軽々しく知らせ申せば事と次第によっては天下の一大事と愚考いたし、村人、家中の者に厳しく口止め致し、かくは、内府さま御耳にのみお達しすべく、まかり出でましてございます」

と、一晴は、言った。

「いやはや、お若いのに、お心映え、一段と頼もしいお方よ……、御分別、重畳でござった」

家康は、褒めあげた。

「のう、正信、我ら、年はとっておるが、修理どののごとく、天下をおもんぱかっての分別ができたろうか」

「いや、なかなかに……。涼やかな御分別……」

正信も歯のうくようなことを言った。

「当座の褒美でござる。大筒、火薬以外の他の品は、そこもとにおいて自由になされよ」

「ありがたきしあわせ……」

一晴は、三拝して、退った。

「殿、いかがでござります?」

「うむ……。大筒一門あれば、一万石、五門あれば、五十万石の大名に匹敵しようか。二十六門、使い方によれば、五百万石、いや一千万石分の働きをするか……。いやはや、恐ろしき宝よ」

「鬼に金棒とは、このこと……」

「正信、わしは鬼か?」

「や、これは、したり……」

正信は、笑いだし、家康も笑った。又右衛門は、くすりともしなかった。

二

徳川家康の専横が、急に目だつようになった、昨日まで秘密であった伊達政宗との婚姻も、いまや公然たるものとなった。

ついで、福島正則の子正之の妻に、家康は養女をつかわすことにし、蜂須賀家政の子至鎮にも養女を娶わせることにした。

太閤遺言がどうした、文句があるなら、腕でこい、という家康の態度である。

それにしても、福島も蜂須賀も、秀吉子飼いの大名である。とくに蜂須賀は、小六の代より秀吉の家来の中でも数すくない二代の譜代である。それらが、秀吉の掟にそむいて家康と通じて喜々としている。

これをみて、石田三成は、腹をたてた。三成は、もともと家康ぎらいだ。小牧長久手の合戦の昔から、家康は、秀吉のためにならないから、息の根をとめてしまった方がいいといっていた。秀吉が天下統一を急ぐあまり、家康と甘ったるく妥協することに大いに反対したものだ。

家康は、秀吉に臣従すると、秀吉の沓をなめんばかりに仕えた。

たとえば、能が催されるときなど、家康は、背が低く、でぶでぶ太って不恰好で舞いも下手くそなのに、舞の上手といわれる織田信雄と並んで舞って、見物の大名を大いに笑わせたりした。

「家康は、馬鹿をよそおって太閤さまをだまくらかそうとしている。関東の古狸め」

と、三成は、苦々しく思った。家康を古狸といいだしたのは三成だというが。

前田利家も、家康の専横を心よく思っていない。利家は、秀吉の親友、信友、心友である。秀吉は、利家に秀頼の後見を頼んで死んでいった。秀吉の期待に対しても、秀頼の後見役としても、さらに同じ大老職の者として家康の勝手な振舞いは許せなかった。

家康も、太閤なきあとでちょっと気になるのは、前田利家の存在であった。もし、前田利家が、秀頼の後見人としての立場から、本気になって怒りだし、家康打倒の旗をかかげたら、家康も、かなり苦しい立場にたたされるはずであった。

であるなら、家康の与党獲得工作も、いましばらくの間は、深く静かに潜航して、秘密裡に行なう方が得策なはずである。

「なにがゆえに、家康は、突如、強気に変じたのか、訳がわからん」

幸村は、しきりに小首をかしげた。

「佐助、家康周辺をさぐれ。何かわけがあるはずだ」

と命じて、舅の大谷吉継へ、吉継の見解を糺しにいったりした。大谷吉継は、数年前から癩病にかかり、出仕をやめていて、人と会うのを嫌っていた。どうしても会わねばならないときは、顔を布で包んで会った。あるいは、障子越しに会うことにしていた。

吉継もわかりはしない。

「太閤さまも、山崎の合戦、清州会議のときから、天下取りのために手を打たれた……」

吉継は、障子のかげから、ぼそぼそと言った。

「いまの家康が、そのときの太閤さまと同じ立場だと仰せられるのですな。では、いまの豊臣家には、かつての柴田勝家はいないのでしょうか。柴田は負けましたので、例が悪うございますが、勝つ方の柴田はいませんか」

「さてさて……」

「加賀百万石、前田どのは……?」

「前田どのか……。太閤さまが、徳川と十分に張り合えるよう、お力をつくされたが、やはり徳川に比べると……。ただ……」

「ただ……?」

「文吏派、武断派とわかれず、いがみあうことがなければな……」

吉継は、文吏派の方である。三成と並んで秀吉の文官方として大いに功績があったが、武断派に、三成や小西幸長のように憎まれてはいない。

「前田どののもとに、石田、加藤が手を結んで集まれば、これは徳川どのに対抗できよう、だが、それは、明日も陽がのぼるというほどの確かさでいえるが、石田、小西と加藤、福島、黒田らが手を結ぶことはありえまいな。家康が強気に転じたのも、そのあたりの見極めがついたからではないか……」

吉継は、それを一言も言わなかったが、言外に、やがては家康の天下であろう、と予想している様子が、うかがえた。

「しかし、上が横暴であれば下も横暴らしい。桑山が、徳川の家来どもが威張って困ると言っておった……」

「桑山？　舅どのの縁辺が嫁いでおいでの和歌山の桑山どのですか」

「さよう」

「桑山どのは近ごろ、しげしげと徳川家に出入りなされておいでですが……」

「軽々しく尻尾をふる犬は馬鹿にされやすいか……」

吉継は、笑い、笑いながら言った。

「桑山は、しゃべってしまってごまかしおったが、領民が難儀しているかの如く、もらしおった……。考えてみれば、太閤さま柴田の御対立のおり、若狭に有力なお味方丹羽どのを封ぜられて越前を監視させられた。いまの和歌山も、ちょうど若狭のようなものではないか。もし、わしが家康であれば、ひそかに兵をおいて、大坂を狙わせるが……」

「………」

幸村は、考えこんで、すぐには合槌もうてなかった。日本国の総図面が、眼前にうかんでくる。

秀吉が、天下取り合戦のとき、丹羽長秀に命じて、海上より越前を脅やかさせたように、今度は、家康が、和歌山から、桑山を使って大坂を脅やかそうとするだろう。

桑山はわずか二万石の小大名ゆえ、家康は、ひそかに兵員を投入して……。

幸村は、吉継の戦略眼に感服した。さすが、朝鮮の役の際、渡鮮軍の目付けに任ぜられた人であった。

〈惜しい！　この舅どのが病気とは！〉

大谷邸を辞去して自邸へ帰ってみると、上田から、才蔵がきていた。昌幸からの重大な手紙を持参していた。

幸村は、さっそく披見して、笑いだした。時候挨拶につづいて、

「我らがこと、腹にすえかね、胸もいえかね候うことこれあり候て……」

にはじまる内容は、昌幸を襲った者が誰であるかはわからないが、家康指図と堅く信じ、その報復のため、江戸の焔硝蔵に火をつけて烏有に帰さしむる、というのである。すでに焔硝蔵の所在もつきとめたから、役にたつもの二、三人借してくれという。

「面白い。親父どのらしい……」

天下がどうのこうのというより、自分の鬱憤を晴らさでおくものかという気の強さが、面白い。

「親父どのは、お元気のようだな」

「はい」

色白の少年は、はきはきと答えた。

「あのおりは、大層な働き、見事であったな」

「はっ。大殿さまから、名前をいただきました」

「なんと？」

「霧隠……、霧隠才蔵でございます」

「それはよい名だ」

霧に煙る屋根上から、発止と手裏剣を打った少年にふさわしい名であった。

三

「なに！　桑山の領内に南蛮大筒が……」

幸村は、佐助の報告に、思わず叫んだ。

大谷吉継の話から、徳川方の兵が駐留でもしているのかと、大して期待していなかったが、とにかくさぐらせてみた結果が、これであった。

それも、二十門以上、焔硝も千樽はあろうと思われ、それを徳川兵が護っているという。

〈読めた！〉

家康が強気に転じたわけが、これでわかった。

二十門の大砲を、有機的にたくみに連繫駆使すれば、どれほどの威力を発揮することができるか。それは、武田騎甲兵団を潰滅させた鉄砲が証明していた。

最初の一発さえはずせば、騎兵は、二発目の銃弾装塡にとまどっている銃兵を蹴ちらすことができた。そのような欠陥兵器の種子ヶ島を、数と使用法によって、天下をひっくりかえす大威力を発揮できたのである。

家康は、大砲二十数門を得て、たとえ、前田利家が、文吏派武断派を統合して対抗してきても、その大砲によってたやすく勝利すると自信をもったのだ。

「殿、二挺、運びだされております。目だたぬよう、ぼつぼつ運び去るのではないでしょうか」

「よし、奪え、奪えずんば、破棄せよ、だ。佐助、さっそく手配いたせ。おれも行くぞ」

幸村は、立ちあがり、ふと考え深かそうに言った。

「親父が、江戸の焔硝蔵を爆破するといっていたが、それをさせたがよいか、中止させたがよいか……。おれも考えるが、皆して考えてくれ。大筒奪取にどう響くか……」

「殿は、これからどちらかへお出ましになられるのですか？」

「大谷の舅どのだ……」

「大筒……。大筒とは……」

大谷吉継も、さすがに驚いた。

「よし、あいわかった。大筒については、わしの胸にだけおさめておこう。前田どのには、厳重に談じこませよう……」

吉継の胸裏に浮かんだのは、

「前田利家をはじめあとの三大老、三中老、五奉行は、太閤遺言を破った家康に厳重な警告を与え、家康の私婚を破約させること」

であった。

「前田どのには、――いつから家康の家来になられたか、と言わせよう。若いころ、バサラ者であった前田どのには、これが一番よくきく薬だ。石田三成には、――近江犬の遠吠えか、と言わせよう、本気になって噛みついてみろ、と。そなたの申すとおり、一度は、筋を通さねばな……。なんのための大老か、なんのための中老、五奉行かわからぬ……。よし、ひきうけた。そなたらも、うまくやってくれ」

和歌山城の五層の天守閣が、夕日に映えていた。秀吉の弟秀長が築いた城である。本丸と二ノ丸ができあがったところで、秀長が死んだため、あとは中止となった。城域は、せまいが、天守閣だけは大きい。

紀ノ川が、潮がみちてきて、満々と水をたたえていた。その川をへだてて、一里ばかり西に、ちいさな砦がある。次郎丸という。

次郎丸砦は、空堀と土居をめぐらし、土居には、木柵が植え込んである。屋敷内には、四、五棟の建物がある。これを和歌山城の支城というには、ちょっと気恥ずかしいくらいのちいさな砦だが、それでいて、いまや和歌山城代桑山一晴をはじめ家中の者の厄介の種であった。

南蛮大筒が、ここに隠匿されているからだ。大筒があるだけなら問題はないが、大筒目付け役としてきている徳川家の五十人が、呑みたがり、抱きたがり、その上、威張りたがるのだ。

最初、次の天下人の御家来衆というので、桑山側が大事にしたのが悪かった。徳川兵は、家康の勢威があがるにしたがい、増長して警備にきていた桑山兵を雑兵がわりにこきつかうようになった。

家康が天下をとったら、おれたちは直参だということだろう。増長した兵ぐらい始末の悪いものはない。酒をくらっては近在の女を追いまわした。桑山一晴は、野心がある。よって、特別の思し召しにより、女十人ばかり送りこんで、徳川兵の機嫌を損わせないようにした。そんなことをすれば、人はますますのさばる。いまでは、徳川兵は、桑山兵に警備をまかせて、気儘に楽しんでいた。

徳川兵のこの俗物の群の組頭は、山地金左衛門という。

四

ある夜、早馬が、馬蹄をとどろかせて、次郎丸砦下を通りぬけた。

すっかりふてくされたような態度で、砦の木戸を守っていた桑山兵が、我にかえったように立ちあがって、走り去った闇に目をこらした。その方向は、和歌山城の方である。

つづいて二騎、競い合うようにして通りすぎた。仮眠の者たちも、なんだなんだと、街道側に集まった。徳川兵が、不機嫌そうな顔でやってきて、なんだと聞いた。

「早馬ですが……」

「なんの早馬だ?」

「さあ……」

「なんだこの野郎、そんなことがわからんのか」

徳川兵は、怒鳴りつけた。それから、大あくびして、ちょっと木戸口をさけて番小屋の土台のもとに小便した。

桑山兵が、むっと唇をかみしめた。

「あの火は、なんだ!」

誰かが叫んだ。紀ノ川の橋のあたりと思われるところに、五点ばかりの小さな火が見えた。何かの火急を告げる火のように見えた。

四騎目、遠くから馬蹄の音が聞こえて、近づいてきた。たちまち、砦下へきて、通りすぎた。いや、馬蹄の音が変わった。と——、木戸口の方へまわった。

「大坂表にて、合戦っ!」

騎乗の侍が、大声で叫んだ。

「徳川さま、前田さま、合戦っ!」

馬は、くるりと向きを変えると、城の方へ走り去った。

砦内は、いっぺんに湧いた。国内戦は、小田原陣以来、ほとんど絶えていたことだ。

徳川兵もとびおきて具足をつけた。

「馬だ！」

と砦の者が声をあげて指さした。城方の方から、一騎、疾駆してきた。番兵をはじきとばす勢いで木戸内へ飛びこみ、溜場をのりまわしながら、喚きちらした。

「桑山兵は、引き揚げよっ！　桑山兵は総登城っ、急げっ！　合戦だ！　ただちに行けっ」

そして、再び、疾駆して去った。

桑山兵は、わっとばかり、馬の後を追った。もともと、糞面白くない警固だ。合戦も、昂奮させている。一人のこらず、あっという間に砦から消えた。

いれかわりのように、一人の、怪我した男が、砦に、倒れこんだ。男は、脾腹をおさえて、木戸口の番兵に聞いた。

「徳川兵か？　桑山兵か？」

「徳川兵だっ」

「ま、まことか」

「なんだ、うぬは？」

「徳川兵だな……」

「うぬこそ、なにものだっ」

「山、山地、金左衛門どのは……」

男は、呻き、苦しみに身もだえしながら、山地、山地と、つぶやきつづけた。

「わしが、山地だ……」

「…………」

男の必死の目が、山地を見あげた。しばらくののち、ほっと目もとが笑った。

「てまえは、桑山方へ忍びいった、服部半蔵の手の者でござる……」

「なに？」

「桑山兵にやられました……。桑山兵が、おしかけて参る。大筒を奪いに……。皆殺しと申しておりました……。日ごろの鬱憤を晴らすときぞと……。山地どの……、運べる大筒を運び、あとは火門に釘をうちこみなされ、火付け口ですぞ、叩っこみなされ……。服部さまにおあいなされたら、掛け屋の鹿、とお伝えくだされ……」

男は、いい終わり、激しく喘いだ。それから、よろよろと木戸を出ると、空堀へ転がり落ちた。二、三の徳川兵が、下をのぞきこんだ。底に、男が、黒々と横たわっていた。

「桑山兵が、くるのか！」

誰かが、おびえ声で叫んだ。木戸外にでていた徳川兵が、わっと叫んで木戸内へはいり木戸を閉めた。

木戸内では、徳川兵に囲まれて、山地金左衛門が蒼白な顔で、つったっていた。握りしめた拳が、わなわなふるえていた。

「組頭っ！」

「たった五十人！　桑山は、桑山は……」

裏手の方から、

「女が逃げます！」

と、叫ぶ声が聞こえた。

二、三人の女が、泣き叫びながら、逃げてきた。木戸の兵を見て、逃げまどった。

「くそっ！」

徳川兵が、女を槍で突きさした。二、三人の男たちが、狂ったように槍を突きさした。女の悲鳴があがった。

「組頭っ！」

「大筒、二挺っ！　大坂へ運ぶぞ」

「!!」

「あとは、火門をふさげっ！　急げっ！」

それから、小半刻たらず、砦内は、地震のような騒ぎとなった。

一門八人がかりで、大砲をかつぎあげると、声を殺して裏手より、徳川兵は、忍びでた。

乱れた足音が遠ざかると、砦内は、篝火だけが、燃えていた。

空堀の土壁が、むくむくと動いた。と——、人影が、現われた。いくつもいくつも、影が現われた。壁が動きだすのもあった。その壁は、はらりとひるがえって、皮となった。

底に倒れていた男が、寝返り、身体をおこした。髀腹をなでて、にやっと笑った顔が、木戸の篝火のおとす、うす光の中にうかんだ。それは、根津甚八の顔であった。

「殿……」

甚八は、空堀の壁からでてきた一つの影に歩みよった。

「これほどうまくいくとは思いませんでした」

「うむ……」

と、白い歯が、篝火の光をかすかに、はじきかえした。幸村であった。

「甚八は、中楽師以上のうまさよ」

「………」

甚八が、おかしそうにしのび笑いをした。

二人の横に、黒い影が舞いおりた。

「火付け役が三人、残っております」

その声は、佐助であった。

「よし、あとは、小助、甚八、海野でよかろう。その余の者は、山地から大筒を奪いとれ」

佐助は、頭をさげると、二声、口笛を鳴らした。

黒い影が、空堀から、一斉に飛びあがった。

「桑山兵が、きます！」

堀の上から、声があがった。

「小助！　急げ、大筒の火付け口を潰してこいっ！」

幸村は、佐助に助けられて堀をのぼった。

「時間かせぎに、すこし焔硝樽を転がしてやるか」

二、三人が、砦の中にとびこみ、間なしに樽をかついで、駆けでてきた。さらに走りさり、しばらくののち、数声の轟音と火花を散らした。

そのころ、砦は、燃えはじめていた。小助たちが飛びだしてきた。幸村も走り、砦を離れた。

札立山の山際まできたころ、壮大な爆発音が、天地をゆすった。ふりかえると、火柱が天に沖していた。

五

四大老、前田利家、宇喜多秀家、上杉景勝、毛利輝元。五奉行、前田玄以、長束正家、浅野長政、石田三成、増田長盛。以上の九人は、家康の勝手な縁組に対して、厳重な抗議を行なった。

家康の答弁は、二転、三転した。はじめは、とぼけた。そのようなことはない、と言いきった。

前田利家たちも、家康のあまりにも見えすいた嘘に、激昂していった。家康も、十対一で吊しあげられ、ついには、とぼけきれなかった。

そして、最後の最後、家康は、

「太閤の遺命によって政務をとっているそれがしに、かかる文句をつけるとは、とりもなおさず、太閤殿下を、ないがしろにすることであろう」

と、開きなおった。

利家は、みるみる顔色を変えた。それから凄味のある声で吐きすてるように言った。

「問答無用と解した。それがしも、秀頼公おもりやくとして、決心つかまつった」

家康も、図太く一揖した。

前田利家は直ちに兵を集めた。もちろん家康も。

大坂の前田方についたのは、三大老、五奉行、細川忠興、加藤清正、加藤嘉明、浅野行長、佐竹、立花、小早川、小西等。伏見の家康方に集まったのは、福島正則、池田照政、黒田如水・長政父子、藤堂、金森ら、であった。

家康は、正信を呼んだ。

「大筒はいかがいたしたか」

「二挺と聞いております。あるいは、今日あたり、何挺か運んでいるか、と思います」

「たった二挺か……」

家康は、眉をしかめた。

「急がせよ。それから、皆、禁足じゃ」

「はっ。ところで、三中老の堀尾吉晴がまいっておりますが……」

「追いかえせ、どうせ、泣き事を申しにまいったのであろう。服部半蔵を呼べ」

正信が退って、半蔵がきた。

「江戸へ帰る用意をいたしておけ。江戸に飛脚を出し、上り支度をしておけというてやれ」

半蔵が退ると、

〈二挺か……〉

ふっと不安を覚えた。前田利家を怒らせたのは、すこし早すぎたか……、と思った。

〈まあ、あやつなら、やるかもしれぬ〉

そのとき、家康は、息もつまるような驚きに、ふるえた。重大なあやまちをおかしていたことに気がついた。

爪を噛んでいた。

それは、大筒を、宝の持ち腐れに持っていただけだったと気がついたことであった。どうして、人を選び、射撃の練習をさせなかったのか。

〈一生の不覚！〉

すこし、いい気になりすぎていたのだ。

〈この年になって……〉

家康は、冷や汗をかいた。これまで、経験をつみ、分別もあるとみられた男が、なんでこのような馬鹿げた過ちをおかしたのだろうかと、他人をみて思うことがあるものだがそれが、五十有余歳の自分がするとは思わなかった。

人は、年齢、経験の多寡にかかわらず、ポカをするときはするものらしい。

深く爪を噛んで、肉がさけて首をすくめるような痛みを覚えた。

「殿っ！」

正信が、日ごろの冷静さを忘れて、すっかり取り乱して駆けこんできた。

「殿っ！　大筒二十挺、破壊されましたぞっ！　焔硝樽、すべて爆発っ」

「なんということだ……。冗談ではすまされぬぞ」

「桑山一晴が参っております。大筒目付け方の与力一名をつれて……。何ものともしれぬ賊三十名ばかりに襲われたと申しております」

「殿っ！」

「半蔵……、いうないうな……」

悪いことはつながる。顔色みただけで、半蔵もまた、何か大変な悪い知らせをもってきたような気がした。

「殿っ！」

「半蔵、なにか？」

正信が、ふっと冷静さをとりもどした。

「はっ、しかし……」

「よし、申せ」

家康は、腰をすえながらいった。

「江戸の焔硝蔵が、火を噴いたと知らせがありました」

「………！」

家康は、がくっと背筋を折って、一瞬、ちいさな老人になった。

〈はやまった、はやまったり……〉

よい話は、突然、ぽつんとひとりぽっちでやってくる。悪い話は、たてつづけにやってくるものらしい。

「殿……」

「あぁ」

と、呆然とした返事の後、家康は大筒二挺の一件で、ひるんでしまった自分に、かっと怒りを覚えた。

「いま少しの辛抱か……」

家康は、低い声で言ってふてぶてしい笑顔になった。

「和解じゃな、正信」

前田・徳川の衝突を恐れたのは、加藤清正である。清正が太閤の勘気に触れたとき、とりなしてくれたのは利家であった。大恩のある利家の危機と見た清正は、その打開に奔走した。

二十日ほどの後、家康と利家の和解もなった。家康は、己の非を認め今後は太閤の遺命に違背しないとの誓紙を出して、落着した。

それから一ヵ月後の閏三月三日、利家は病没した。

幸村は、久方ぶりに大谷吉継を、訪ねた。

吉継は、両眼がつぶれた、といった。

幸村は、障子にへだてられて、それをたしかめることはできなかった。

「目が見えぬようになってから、物事がよく見えるようになった……。先ごろ、江戸で焔硝蔵の爆発があったと聞いたが、それも、聟殿の仕業か？　それとも親父どの安房どのの手のうちか？　安房どのも、なかなかの血の気の多いお方ゆえ……。しかし、無駄ではないかな、小細工では、大勢はかわらぬ……」

六

慶長五年六月十七日、家康は、伏見城の千畳座敷につったって、にこにこと笑った。

ここは、秀吉が、全国の大名を拝跪させた大広間である。もちろん、家康も、秀吉を三拝九拝した。

〈今度は、わしが、全国の大名から三拝九拝される番だ……〉

たっぷり肉のついた頬は、むずかゆく、ゆるんでいた。

会津の上杉景勝の討伐へ向かう途中であった。

今度の合戦で、家康の天下取りは、確実なものとなろう。

〈やはり、物事は、手をつくさねばならぬ……〉

家康は、だらしなくゆるむ頬を、すこしばかりひきしめた。

昨年は、家康は、強引にすぎて総反発をくらった。人間は、タテマエで動く。ホンネをうまくつつみこんだタテマエで動くのだ。

今回、上杉謀叛につき、目下の中央政権である豊臣政府は、徳川家康に、上杉討伐軍の編成を命じ、かつその総指揮をゆだねた。

君主秀頼は、家康に、宝剣、茶器、黄金二万両、米二万石を与えて、これを激励、事のすみやかなる成功を欲した。

ここまで、手をつくさねば、人は動かせなかったのである。上杉討伐軍五万五千人の中には、家康の野心に反発する者、豊臣政権の将来を憂うる者、そして次期政権に集まりそこなうまいとしながらも、他人の思惑が気がかりで身動きできなかった者も、家康のもとに集まることができた。いや、上杉謀叛が家康によってでっちあげられたものと、激しく家康を憎む者すら、家康の命令に服さねばならない。なぜならば、家康が、秀頼の代行だからである。

天下周知の犬猿の仲である石田三成も、家康の出陣命令を受け、子の重成を従軍させることを報告しなければならなかった。

真田昌幸、幸村も、家康の出陣命令を受諾し、出陣準備に余念がない。

上杉を討てば、政権は、転換する。それに反対する有力者はいない。家康に、どうにか対抗できた前田利家は、病死していた。四国の豪雄長曾我部元親も、すでにない。

東北の豪強南部信直もまた逝った。

家康の頬は、ゆるみっぱなしであった。

昌幸は、家康の小山着陣の日取りを見あわせて、七月上旬、幸村とともに上田を発向した。途中、廐橋で、沼田を発した信幸と合流した。

「父子三人、こうしてあうのは、まこと久方ぶりだな……」

昌幸は、近ごろなごやかな光をたたえるようになった目を細めた。

二十二日夜、昌幸たちは、犬伏に宿営した。小山まで五、六里の距離である。明日からは上杉討伐軍に合流して、たぶん、軍編制上、昌幸、幸村と信幸は離ればなれになるだろう。

「生死不定、今宵は、佐野の遊女を招いて、楽しむか」

昌幸は、そういって、使いを出した。

その使いと入れかわりに、上方に残しておいた佐助が飛びこんできた。

「石田三成さま、挙兵！」

信幸は、驚いた。しかし、この驚きは、やはり挙兵したかという驚きであった。三成の挙兵は、挙兵されてみると、誰もが寝耳に水という驚きではなかった。

昌幸は、小鼻に皺を寄せて、

「奴が起ったとて……」

と、つぶやくようにいってうすら笑った。

幸村は、挙兵は当然だという顔であった。

「大谷の舅どのは、わからぬか？」

「石田さまへ御加担でございます」

「そうか……」

このとき、幸村の表情に熱っぽいものが、走った。

目は見えず、五体不自由の身で、親友のために、立ちあがった吉継が思い出された。それは障子の向こうにぼうっとうつる影のようなものであった。

石田挙兵の受けとめ方は、三人三様であったが、三人ともさして驚かなかったのは、同じだった。驚きはうすかったが、一大事であることは、まぎれもないことであった。

「父上、佐野の遊女どころではなくなりましたな……。取り消しの使いを出しましょう」

信幸は、座りなおして言った。

「うむ……」

昌幸は、考え深そうに言った。

「まて、これはこれ、あれはあれだ。取り消すことはない」

「今夜にも小山へ駆けつけた方が……」

「石田挙兵を聞いたからとて、内府（家康）が、小山へ駆けつけるか、あるいは江戸へすっとんで入りこむか、わしらもあわてることはない」

昌幸は、信幸、幸村を、交互に見て、ゆっくり頰の肉をうごかして笑った。

「信幸は、内府につくであろうな……」

「もちろんです。父上……？」

「幸村は？」

「石田につきます」

「源二郎っ！」

信幸は、膝をすすめて叫ぶように言った。

「わしも、石田につこう」

「なんと!!」

「ここで、いろいろ申しても言いつくせるものではない。二人とも、すでに分別ざかり、三十五、六の男が、日ごろからの考えがあって、去就を口にしたのであろうから。わしは、思う。これで、真田の家名は残る、と……」

「しかし、石田が如き、天下人の……」

「言うな。徳川、石田の優劣を論じては、話がつきぬぞ。信幸、聞け、わしは内府に憎まれておる。内府が天下をとったとき、憎まれているわしは、どうなる?」

「今回、忠節をおつくしになれば……」

信幸の勢いを失った声に、昌幸は笑いかぶせるように笑っていた。

「内府は、天下をとるだろう。わしも、そう思う。そのときだ、世が内府のもと泰平になったときだ、内府は、憎しみを掘りおこし、必ずや、わしの落度をみつけだして、有無なく消しさるであろう……」

「そのような……」

「いや、天下人とは、そのようなものだ。わしに罪をおしつけたとき、そなたも、罪の者の子として、退けられる。ここは、わしが、負けておかねばならぬ。わしが滅べば、憎しみは消える。泰平の世は、むしろ戦乱の世より生きにくいものぞ……」

「兄者、そういうわけだ……」

幸村は、笑った。

「しかし、石田方についた以上、むざむざと負けさせとうはないぞ。勝敗は時の運、石田とて見捨てたものではない」

信幸は、幸村の笑いに、うすく笑いかえした。

「源二郎……、外法の老婆が言うたことを思いだす……」

「くだらぬことだ。だが、敵味方になるのだ。そういうことになるやもしれぬな……」

劣勢の石田方につく幸村は、気軽そうだった。

「女子が参ったようだな……」

昌幸が、相好くずした。

「女子はいい。遊び女は、この世の宝よ。信幸、きらな顔をせい」

信幸は、小山の陣の家康方に従うことを誓ったとき、真田の通字の「幸」を「之」

に改めて信之を名乗った。

七

犬伏を脱出するように離れた昌幸は、厩橋から進路を沼田へとった。

「冗談じゃありませんよ、まるまる一日の損ですぞ、この大事なときに……」

幸村は、驚いて反対した。

「信幸に、花を添えてやるのよ。一日の損の分は、走ってとりもどす」

昌幸は、千五百の将兵に、速歩に移させた。

夕刻、沼田城下にたどりついた。将兵たちは、へとへとに疲れている。

城は、信幸の妻小松が、わずかな留守居と守っている。昌幸は、兵を休ませてくれるよう、城へ使いを出した。すると、城方から、

「先日より伊豆守は家康公のお供にて出陣中である。安房守さま、左衛門佐さまも御同道と聞き及ぶ。しかるに当城下に安房守さまをお迎えするとは奇怪至極……」

と、手厳しい返事であった。

昌幸、幸村の家臣たちは、怒りだした。

「大殿のお声かかりである。城門を開けぬとは、何事ぞ！　ならば、押し破ってでも

入城せよ」

このさわぎに、小松の方は、小具足をつけ薙刀をかかえて、城壁頭に立った。

「この城は、伊豆守の持ち城でござりますっ」

と、小松の方は、甲高く冴えた声で、城下の昌幸に声かけた。

「伊豆守の命なくば、たとえ舅どのといえど当城へお入れ申すことはかなわず……。たって押入らんとなされば、小松、微力ながら、お相手申す！」

「わかった、わかった……」

と、昌幸は、苦笑した。

「さすがは、本多忠勝の娘よ」

昌幸は、兵を退げ、城下はずれに宿営した。

沼田城は、夜っぴいて警戒をおこたらなかった。

「父上、花をそえるとは、このことでしたか」

「さよう。このような話は、ひろまる。本多が喜ぶ、家康が笑う……」

昌幸、幸村父子も、笑った。

上田に帰城した昌幸父子は、ただちに、防戦の準備にかかった。徳川軍が、東海道、中山道の二道を上ることは、すでに情報をえていた。中山道を進む徳川軍を半途に阻止する。

　このことを聞いた三成は、大層喜んで、情報をつぎつぎに送った。三成の手紙は、ことごとく威勢がいい。

「真田の親父さまには、信州一国の仕事をおまかせいたす。左衛門佐どのは、甲州一円支配されよ」

「家康、江戸滞陣、真意は我らを恐れてのこと、されば、西上の途中を迎え撃ち致し、家康を打ち果すこと案の内に候……」

　昌幸は、もちろん、額面どおり信じるほど楽天的ではなかった。ただ、すこしは、面白い戦いをしてくれよ、と思った。

「三成は、戦いは下手であるからのう……」

　と、幸村に言って苦笑した。

　七月末から、一か月、昌幸は、密使の往来、戦備のために、忙殺された。

　八月晦日、徳川秀忠が、大久保忠隣《ただちか》、本多正信、榊原康政、そしてまた真田信之ら三万八千余をひきいて、小山を発向した報せを受けとった。

　真田の将兵は、予期していたとはいえ、いよいよ、真田信之がくるときいて昂奮した。

上田衆と沼田衆は、父子、兄弟の衆である。友人知人はもちろんのこと、嫁取り、聟取り、あるいは実の父子、兄弟が、別れて所属しているものもある。それらが戦う。こうした戦いくらい凄惨なものはない。互いに見知っているので、恥はさらせず、引き退れないからである。

九月一日、家康が、江戸を出発した。

同月二日、秀忠は、小諸に着陣した。

秀忠は、昌幸に降伏を呼びかけることにして、信之を招いた。

「その方にとっても父なれば、その方よりも使いをだして、降るようすすめよ」

「無駄でござりましょう」

と、信之は、反対した。

「一気に攻め潰すか、さもなくば、ただ打棄てにいたし、西上なされるがよろしいかと存じます」

本多正信も、信之の西上を支持した。だが、若い秀忠は、敵対する者を見すごしにはできなかった。また、あとを慕われては厄介である。やはり、使いを出して、降伏を勧告することにした。

昌幸は、使者を丁重にもてなして、

「われら、徳川どのが、何がゆえに上杉を討伐なされるのか、とんと合点がまいらず、引き揚げましたこと。ゆえに、あえて、秀忠どのに弓矢をひくいわれもなし……。されば、いかがいたせばよきか、家臣どもと話合いたし、御返事申しあげるでありましょう」

といって、帰した。

使いは、喜んで帰り、「あえて、秀忠さまに弓矢ひくいわれなし……」を強調して、昌幸に戦う意志なし、と秀忠に報告した。

翌日一杯、待った。昌幸からの返事はなかった。

その翌日、つまり九月五日、秀忠は、しびれをきらして、使いを差しむけた。すると、

「ようやく決まり申した。大軍を前にして開城するは、脅しに屈するに似たりと申しまして、折角の御好意ながら、お受けいたしかねることになり申した」

と、ぞんざい、無礼な返答であった。

使いは、かんかんになって怒った。秀忠も

「たばかりおったか……」

と、激怒し、夜にはいるというのに、上田へ向け、全軍を進出させた。そのまま攻

めかかれといったが、先の上田戦で痛めつけられていた榊原康政は、おしとどめ、真田の夜襲をおそれて警戒を厳重にした。

幸村は、徳川軍の到来に、さっそく夜襲を行おうと兵をだしたが、つけいる隙がなく、帰城した。

翌日、秀忠は、上田城の東、染屋台に陣取った。

それを望見した昌幸は、四、五十騎をひきつれて、敵の釣り出しに出かけた。敵にさとられないように行動しているように見せながら、さとらせるのである。

敵は、気づいた。五、六十人の歩卒が昌幸隊を追いかけた。昌幸は、逃げた。針にかかった魚を手もとにたぐりよせるような面白さである。昌幸は逃げるとみせて打ち、打つとみせて退く。これを見た徳川方の牧野忠成《ただなり》がとびだしてきた。昌幸は、逃げる。忠成は、鹿を追う夢中の猟犬である。

はっと気がついたとき、忠成は、後続の味方を大きく引きはなし、孤立していた。同時に真田の伏兵が、どっと忠成隊に打ちかかった。

徳川方は、忠成を救えと、大久保忠隣、本多忠政、酒井家次らの兵が、突入してきた。

真田兵は、その勢いに敗走した。徳川勢は、猛進した。真田兵は、城に逃げこんだ。

「取り逃がしたか……」

と、無念がる徳川兵は、そのとき、地鳴りのような、腹の底をゆする音をきいた。

水であった。山津波であった。泥砂を巻きこみながら、水が、壁のように立ちあがって、寄手へむかって押し寄せてきた。これは、昌幸が、一か月かかって神川に堰をつくって貯めていた水であった。

泥流は、寄手を数百人、押し流した。流されない者は、まるで人の津波のように味方の陣になだれこみ、混乱させた。水が去っても混乱はつづく。そこを、真田兵は、一気に、押しかけた。徳川軍は、久保林、青木あたりまで、敗走した。

またしても、徳川方の大敗北であった。

翌日、徳川方は、寄せてきたが、城方は、固く守って、寄せつけなかった。

その日、秀忠のもとへ家康より、西上をうながす使者が到来した。軍議のすえ、秀忠は、上田押えの兵をおき、急ぎ、西上に決した。

徳川兵が引き揚げる。

「幸村、終わったな……」

昌幸は、ひどく静かな声で言った。その表情は、おだやかというか、おだやかにはちがいなかったが、もっと、人格がなくなったような、すがすがしい美しさをもっていた。

「はい、勝ちましたな……」

と、幸村は言いかけたが、あわててその言葉をのみこんだ。昌幸の顔は、そんな勝ち負けといった俗っぽいことは、受けつけないような表情であった。

幸村は、ふと、昌幸は、自分の人生が終わったといったのではないかと思った。幸村は、まじまじと昌幸の顔を見つめた。

真田の家名は、兄信之によって、つづく……。昌幸は、幸隆から受け継いだ家名を信之に譲り渡した。昌幸のつとめは終わった。

そこに立っているのは、昌幸ではなくて、真田そのものではないか、と幸村は思った。

これが、真田という顔だ、と幸村は思った。

九度山春秋

一

関ヶ原戦後三年すぎた慶長八年の二月、徳川家康は、征夷大将軍に任ぜられた。

家康は、武家の棟梁となった。これで、豊臣の家来であることからも、脱することができた。いや、豊臣家が徳川家に臣従するという逆転が行なわれたのである。なぜなら、将軍は、武家の最高位であるからだ。豊臣家が、いくら関白の家だと力んでみても、それは宮廷の廷臣中の最高位であって、武門の最高位ではない。もし、豊臣が、武家であろうとするなら、将軍に拝跪しなければならないのだ。

かつて、秀吉が関白になって諸大名の君主であったのは、諸大名を皆、廷臣にしてしまったからである。家康も内大臣となって、関白の沓をいただいていた。

江戸は、春であった。

九度山も、ようやく春もたけた。

昌幸は、端然と座して、ちょっと暑いくらいの陽ざしをあびる庭を見ていた。

人影がさした。昌幸の老妻、阿山であった。

阿山は、昌幸のかたわらに座ると、上田の信之から送ってきたものだといって、包みをおいた。包みをひろげて、まあ、と嬉しそうな声をあげた。

涼しげな小袖である。

「ごらんなさりませ。まあ、このような……。源三郎どのは、心優しいお方……」

阿山は、涙ぐんだような声で言った。

〈くだらん……親孝行のつもりか〉

昌幸は、軽い舌打ちを覚えた。

〈親の心、子知らず……〉

昌幸は、自分が生きていること、生かされていることが、大して嬉しいこととは思っていなかった。

関ヶ原戦後、昌幸、幸村父子は、死罪となるところであった。西上する徳川秀忠の軍勢を上田城で阻止して、ついに、関ヶ原戦に間にあわせなくした父子の罪は大きい。信之は、自分の生命にひきかえても、と助命嘆願したので減刑となり、父子とも高野山下の九度山村に配流されたのである。

幸村の心中は知らず、昌幸は、死罪、本望ではないかと思っていた。それを信之は、我が生命とひきかえに、などと……。信之が本当に身替りで罰せられたら、なんのために、犬伏の宿で別れたのか、わからなくなる。

〈たわけめ……〉

生かされたおかげで、この配所の、なんと退屈なことか。生身だから、俗心もおこる。もし石田方が勝っておれば……、もし徳川方についておれば、と思うときがあるのだ。それを思えば、面白くない。

いまさら物をくれたり、機嫌うかがいの使や便りをくれたところでなんになる……。

信之は、安堵された上田、沼田の九万五千石をしっかりと維持し、かつ、真田の家名を後世に伝えることにつくせばいい。それが、わしへの孝行というものだ。

慶長十年、秀忠は、徳川二代将軍となった。徳川は、もはや磐石である。その将軍宣下を受けるために秀忠が上洛したとき、真田信之は行列の先陣をうけたまわった……。

「そうか……、真田家も、安泰じゃな」

病床の昌幸は、嬉しそうに笑った。

真田昌幸が、逝った。

織田信長に「信州の駑馬《どば》」、豊臣秀吉に「表裏比興の者」、徳川家康に「稀代の横着者」と言われ、昌幸にさんざん翻弄された徳川武者たちから「生得危険な姦人」と恐れられた昌幸であったが、六十五年の生涯を、配所で、ひっそりと終わった。

罪囚に弔問客はない。上田からも正式には誰もこない。わずかに、木村土佐と烏丸が、人目を忍んできたばかりであった。

〈いよいよ、これからだな……〉

幸村は、大きく胸を上下させた。

〈長かった……、この十年間は、長すぎた〉

父と配所に暮らしてきた月日だ。父の死を悲しまないのではない。関ヶ原戦後、死んでいれば長い短いもないものだが、三十五歳から四十五歳の働き盛りを、無為にすごした月日は、貴重な時間を失っていく、辛い長さであった。

昌幸が、ひたすら真田家の安泰を願う人だったので、幸村も、ひたすら謹慎の十年間を送ったのであった。

〈おれにとって、家名など、本当は、どうでもいいのだ。家名を残すより、自分が精一杯生き抜いたという満足の方が、おれには大事だ……〉

幸村は、そう思っていた。が、父には逆らえなかった。幸村は、父を尊敬していた。尊敬は重圧でもあった。抑えがとれた。何をやってもいい。

〈天下を、あっといわせてみたい！〉

天下は、家康である。家康なら、相手にとって不足はない。

〈やるぞ……〉

まず、何からやるか……。

〈そうだ、大筒二本、土中から掘り出しておくことだ……〉

幸村は、にやにや笑った。さらにおかしくなった。すでに十余年も昔になるが、大砲を奪いとりにいった次郎丸砦は、九度山村を流れる紀ノ川の下流である。奪いとった大砲二門を埋めた山も、目の前に横たわる山と連なる山であった。配所の近くにあるというのは面白い偶然であった。

〈ずいぶん、錆びているだろうな……〉

父を恨みに思うなどとは、爪の垢ほどもないが、やはり、この十年は長かったと思った。

二

江戸城の広い廊下である。さぞかし、お手伝いの外様大名の汗と涙がそそぎこまれたものであろう。豪華絢爛たる結構である。

大久保忠隣が通りかかった。小田原城主、老中である。

信之は、片すみに身をよせて会釈した。

大久保忠隣は、信之など歯牙にもかけないといった様子で通りすぎようとしたが、ふと思いついたように、足をとめた。

「真田どの、弟御、未だ健在でござるな」

忠隣は、笑ったような笑わないような目で信之を見つめた。

「はっ、三人おりますが」

「いや、九度山の弟御よ」

「はい」

父が亡くなって二か月あまりだが、わざわざ九度山の弟が健在と断わられると、いやな予感がした。

「なかなかの人物……、われらも上田では手玉にとられましたな」

「いや、ちらちらと噂など耳にしましたので……。なんでもあるまい。ただの噂で……」

「それは……？」

「目のはなせぬ仁でござるかな？」

「………？」

忠隣は、足をとめさせて申しわけなかったといって去っていった。

それから十日ほどすぎて、再び忠隣とであった。

「真田どの、弟御、未だ健在でござるかな」

忠隣は、十日まえとまったく同じことを言った。

二度も、同じことを聞くということは、どういう意味だ。幸村が健在であってはいけないのか。

信之は、顔色がかわった。外法老婆の声が耳の中で聞こえた。

〈兄が弟を殺す……〉

あのときの異臭まで嗅ぐ思いであった。

「やや、これは先達てもお聞きしましたな……、ちかごろ、とんと物を忘れることが多うなりましたわい」

忠隣は、豪快に笑った。が、目は笑っていなかった。声だけが笑っている。将軍家老中職の笑いであった。

忠隣は、立ち去った。信之は、唇を噛みながら、その背中を見送った。

〈幸村を殺せという謎か……〉

信之は、びくっと背筋をふるわせた。

「目もはなせぬ仁だそうな……、とも言われた。土佐、いかが思う？　これは、謎か、謎なら土佐、なんと解く!?」

信之は、煎りたてられるような気持ちにかられていった。

木村土佐は、白毛頭を絶えまなしにちいさくふりながら、背をまるめていた。

「土佐……」

「殿、土佐は、もはや耄碌しました。そのような謎、それがしには答えられませぬ……」

土佐は、信之を見あげ、ゆっくりまばたきした。涙がたまっていた。

信之は、大きく息をした。土佐の涙が、答えであった。

木村土佐がさがると、信之は烏丸を呼んだ。

「幸村を斬ってくれ」

「殿っ！」

「なにも申すなっ」

「はっ！」

　鳥丸は、深く頭をさげた。

「承知いたしました」

　忍びの者が理由を聞く必要はなかった。ただ雇主の命ずるままに動けばよかった。しかし、鳥丸たち葛党の者は、柴田滅亡後、真田と深くかかわりあい、雇主使用人を超える心が生じていた。

〈幸村さまを殺す……〉

　鳥丸は、心中に、ひやっと冷たい風が吹きいってくるようであった。

〈幸村さまに、なにかないか……、おれが腹にすえかねるようなことが……〉

　人を憎まねば殺せなくなっていた。忍びの者として失格であった。

　幸村に、憎むべきところは、なにもなかった。豪快で茶目っ気があって、もしかしたら物静かな信之より、なつかしい人であった。

〈そうだ、おれは、幸村さまを憎む……。佐助たちばかり可愛がっておられた〉

　そう思ったとたん、苦笑した。それは自然に、佐助が幸村につき、鳥丸が信之につくようになったことからくる、接触の機会の多少にすぎない。

ふっと、曾呂を思いだした。

〈そうだ、曾呂を奪われた……〉

烏丸は、上州を夫婦者として駆けめぐった日々のことを思いだした。いまでも、胸の奥に甘くなつかしい者として残っていた。

その曾呂が、九度山にいる。二人は、何をしていることか……。だが、その思いも消えた。曾呂は、亡くなった昌幸の側近く仕えていて、幸村とはかかわりがない。そして、曾呂は、烏丸のことを仲間以上には思ってもいなかった。

しかし、とにかく、幸村を殺さねばならなかった。こう、情感がもつれにもつれていては、幸村を殺せば、自分も死なねばならないな、と烏丸は思った。いよいよ、忍びの者の精神ではなかった。

三

「ズオン!!」

ものすごい音がした、つづいて、

「ガオン!!」

二発の激音が、山をゆるがせた。大砲の音であった。

木のかげから、ちらちらと人影が現われた。十人ばかりである。彼らは、ゆっくり、いまや発射と同時に、踊ってひっくりかえった大砲の方へ向かった。

先頭に、幸村がいた。佐助、小助とつづく。大砲をとりかこんだ。筒口から、かすかな硝煙をにじみだすように吐きだしていた。

「さすが、すごいものだな……」

幸村は、腕をあげた。弾道のあとだ。数本の木がへしおれ、その先の山肌に、新しい土の掘りおこしがあり、土煙りをただよわせていた。こだまが、とびかうように聞こえている。

小助たちが、砲身にとりついていた。顔をくっつけるようにして、なでまわしている。皆に手伝わせて、砲身をまわし、さらになめるように見ている。

「見た目には、なんともありませんな……」

小助は、権威ぶかい顔を傾けながら言った。

「皆、ひとふんばりだ、運べ……」

「おう！」

と、一門に四人がとりついて、砲身の前後を綱で吊り、その綱に棒を通して二人ずつで担ぐ。

この大砲が、山地金左衛門らが次郎丸砦から運びだして逃げる途中、奪いとったものだ。十年の間、土中に埋められていた。関ヶ原戦のとき使いたかったが、掘りだして上田へ運ぶ余裕などなかった。

掘りだしたときは、かなり心配であった。錆びてぼろぼろになっていないかと思ったが、たっぷり油をくわせて、幾重にも渋紙で包んでいたせいか、二門とも、わずかに錆がういているばかりで、磨けばとれた。ただ火薬だけが、湿っていた。しかし変質はしておらず、乾かせばよかった。

で、今日は、その試射であった。

試射は、すんだ。威力のほどもまざまざと見せつけられた。音だけが五、六百の小勢で守っている砦など陥落させられそうである。

もしかしたら、和歌山城下までとどいたかもしれないから、ずっと山上の方へ運ばねばならない。

和歌山城といえば、桑山一晴は、関ヶ原では十分、功をあげたが、加増もなく大和へ移されていた。大砲を奪われた失態を考えるなら、関ヶ原の功が、その償いであったろうか。桑山の失態も、大砲が表立ったものでないので、家康も、表立って叱るわけにもいかなかったらしい。いまの和歌山城主は、甲斐二十二万石から移って来た浅野幸長、三十七万四千石の大大名である。

　幸村は、試射の日から三日目、万城山山中深くはいっていった。九度山からその属峰は見える。山中に、忍ぶように、しかし骨組みの頑丈な小屋掛けがあった。梁から大砲が砲口を上に吊されている。

「どうじゃ？」

「バッチリです」

　佐助は、にやっと笑った。

「試射の時は首をすくめましたが破裂もせず、いままた二挺とも、水もれはありません。まったく、ひび割れなしです」

「そうか、それはよかった」

　小助は、大砲を、そろそろとおろした。大砲を傾けると、砲口から、水があふれでた。

「どうですか？　あっちの方は」

「うむ。山狩をしておった。が、幸い、わからずじまいだ。天狗の屁ということになった」

「屁、ですか」

小助たちは、どっと笑った。

「小助、事がすんだら早く戻れ、おれは京へ行く」

「はい」

「長曾我部盛親どのが、なんと京に潜伏なされておいでなのだ」

「それはそれは……。燈台もと暗しとはこのことですな」

長曾我部盛親は、関ヶ原戦で味方の妨害にあってむなしく戦わずして敗戦して、追放された元土佐の国主である。いま、入道として祐夢と号し、京の万里小路にかくれ住んで、近所の子女に、読み書きを教えているという。

幸村の立つそばに曾呂、甚八といった数人がひざまづいている。その前に立っているのは百姓風体の男二人。百姓の一人が言った。

「あとは頼んだぞ」

「承知いたしました。御無事、お帰りを」

と、幸村が頭をさげた。

百姓はふりかえった。幸村……であった。もう一人の百姓は、佐助であった。幸村の身装をしているのは……、穴山小助であった。

百姓二人、庭へおりた。そして夜の闇の中に消えた。

烏丸の眼下に、幸村の配所があった。烏丸は、木をつたわって、音もなくすべりおりた。裏庭が、目の前に拡がった。そこで停り、木の又を選んで、腰かけた。烏丸は、木になった。

裏庭は、山の樹木が覆いかぶさり、陽もささない。が、土は踏み固まっていて、じめじめした感じはなかった。烏丸の目は、そこで常時武芸の稽古が行なわれていることをみてとっていた。

翌朝、懐かしい者たちが、乱取り稽古していた。根津甚八、海野六郎、由利鎌之助、望月六郎……。それらが、若い者を鍛えていた。声一つたてない。しかし、その気迫と肉体のぶつかりあいは樹木を激しくゆするようであった。烏丸は、自分の立場を忘れて、ふっと加わりたい誘惑を覚えた。穴山小助や佐助、才蔵の姿は見えなかった。

午後、曾呂一人が庭に姿を現わした。曾呂は、一人で、拳法の型打ちに励んだ。つづいて、跳躍、転回、見事であった。一分のすきもなく、無駄もない、流れるような動きは、それが、すべて我が身を守り、守るために人を殺すものでありながら、どんな舞より優美であった。

烏丸の胸は、息がせまり、ときめいた。と——、はっとした。

曾呂が、きっと烏丸がとまっている木の方へ目を向けたのだ。烏丸の胸のときめきが、人くさく、曾呂に伝わったのである。

〈危ない危ない……〉

烏丸は、首をすくめた。次の瞬間、烏丸は目をみはった。

〈幸村さまっ！〉

一瞬ためらった。曾呂に悟られかかったように、すこしく心の平静さを失っていたからだ。が狩猟犬のような、忍びの者の本能が目覚めた。

烏丸は、十字剣を投げ、それを追うように木を蹴った。

十字剣が、光の尾をひいて飛び、烏丸も、その尾をつかむように急降下した。まさに羽を畳んだ巨大な鳥であった。拝むように持った剣は、鋭利このうえない嘴であった。

「あっ！」

曾呂の白い顔が、烏丸の眼前に大きくうつった。とたんに、曾呂は幸村をつきとばし、自分でも回転して避けた。十字剣が、幸村の立っていたところに、がっと刺った。

烏丸は、身体をひねって、わずかに方向をかえ、転がった幸村の背へ襲いかかった。

幸村はふりかえった。

「おお！」

幸村ではなかった。小助であった。

「なんという！」

烏丸は、地に着いた。曾呂が手裏剣を避けてから烏丸が地に足をつけるまでの間は、一瞬の何分の一かの短時間であったろうか。幸村でなく小助であったと知ってからでは、さらに短いまさに一刹那であった。その間違いと知った一刹那を、曾呂は、衝いた。

曾呂の五本の指が、平ノミとなって烏丸の背中から、胸へ突きでていた。瞬時に、曾呂の手は、引きぬかれた。烏丸の背と胸から、血が噴きだした。

倒れた烏丸を見て、曾呂と幸村の小助は、驚愕のあまり、立ちすくんだ。

「烏丸!!」

烏丸は、顔をゆがめて笑った。何か言った。驚きもさめない二人は、動かない。烏丸は、がぼっと血を吐いた。ようやく、二人は駆けよった。

「いったい、これは！　なぜ！　なぜっ！」

「………」

烏丸は、口を動かしたが、もう声にはならなかった。烏丸は、吐いた血を手にうけ、地面をなぞった。

「大……、忠……、チカ……」

と、書いた。チカのカの字に、血だらけの烏丸の手が残り、動かなくなった。

土佐の高知の鏡川の南、南河の誓元寺の急な石段を、二人の山伏がのぼっていった。楼門に老僧がむかえ、無言で一礼すると、先にたって歩きだした。鐘楼脇の小屋の前にくると、やはり無言で指さし、ついで、戸をとこと叩いてから、去った。山伏は一礼して、老僧を送った。

戸があいた。女がでてきて山伏を招いた。

中は土間、灯火一つが、恰幅のいい侍を照らしていた。

「よう！」

と、侍は、両者に喜色をたたえて、腰をうかして、手をさしのべた。

「真田どの……」

と、山伏の手を摑んで、激しくふった。

「なつかしや……」

山伏は、幸村であった。侍は、毛利吉政である。吉政は、元小倉城主六万石の毛利吉成の子、朝鮮蔚山籠城の加藤清正らの救援で大活躍した男である。関ヶ原で西軍に加担し、土佐に追放、山内一豊に預けられている。山内氏をはばかり、誓元寺和尚の好意によっての面会である。

「お互い、綱渡りだ、単刀直入に聞く……」

「うむ」

と、毛利吉政は、顔をひきしめた。

「徳川は、豊臣を生かしておかない。そのとき、手伝ってくれるか？」

「うむ……」

吉政は、暗い表情になった。

「豊臣家に馳走してくれる者を募ってまわっているのだ」

吉政は、首をふった。

「一ト暴れも二タ暴れもしてみたい。が、相手が山内一豊だ……。監視がきびしい。まず駄目だろうな……」

「………」

「すでに何人かいるか……？　ま、笑うてくれ。おれはやめた」

「そうか、それも答えだ。わかった」

幸村は、立ちあがった。それを追うように吉政の目が動いた。幸村は、微笑した。

「長曾我部盛親どのが、京にかくれている」

「ほう……」

「後藤又兵衛と会うた、皆、達者だ」

「うむ……。今度、あったら、よろしく言うてくれ。毛利吉政、睾丸を失ったとな……」

四

「忠隣、よう参った。御苦労……」

近ごろ、とみに笑顔をみせなくなった家康だが、この寵臣に対しては、駿府へきたことを、ねぎらった。

家康は、秀忠に将軍職と江戸城をゆずると、駿府へ引きうつった。しかし、実権は、依然として家康が握っている。人は、通例の如く家康を大御所と称した。

「大坂を潰す。ひそかに、軍備をととのえよ」

「はっ」

「先に、将軍家が、京において秀頼の上洛、引見をいうてやったが、秀頼はこぬ……。今度はわしが行く。今度、秀頼が参らぬとあらば、そのまま、大坂を囲む……」

「はい」・

「その先鋒が、そなたじゃ」

「御期待にそうよう、奮励致します」

「大筒は、慣れたか？」

「火縄方三十人、ことごとく習熟させております」

「よろしい……。大坂城は、江戸につぐ大城、大筒で打ち崩すほかない……」

家康のたるんだ顔に、満足そうな笑いがうかんだ。

「あの秀忠が、いますこし、はきとしておれば、老いの身のわしが、苦労せずともすむであろうに……」

家康の笑顔は、舌打ちにかわった。

大久保忠隣は、江戸へ帰ると、来春、三月中ごろに上洛するという家康にあわせて、ひそかに出動準備にかかった。

家康の意図は、物見遊山の体で上洛した一団が、家康がここぞと思うとき、ただの一声で、強力な戦闘集団となることである。

それは、豊臣方の油断をさそい、今度も、家康の会見申込みを断わらせようという考えであった。豊臣方を、完全にだますには、味方をもだまさなければならない。だから、このこと、――家康の単なる警固兵が、実は大坂攻撃軍であること、を秀忠にも告げないのだ。

しかし、これは、大変なことだ。もし、大坂城攻撃となったら、秀忠が応援に駆けつけるまで、大久保一隊で戦わねばならないからだ。それで、準備は、念入りにしなければならなかった。それは、武器、兵糧だけのことではない。京都所司代の人数をそれとなくふやしておくとか、大坂周辺の大名を帰しておくとか、いろいろあった。

その上、公式に家康上洛のことが発表され、将軍家としてはまた、大御所を送りだす、諸々の準備があった。朝廷に差しあげる土産はなににするか、そんなくだらないことで、貴重な日をつぶすこともある。忠隣は、公的なことと、秘密なこととの処理で、江戸城内を駆けずりまわるような忙しさであった。

しかし、それも大体終わり、大御所名差しで忠隣が上洛供奉となり、ようやく小田原へ帰れることになった。小田原へ帰ってもまた、色々なる件が待っていることだが……。

将軍に挨拶して退出した忠隣は、

「御老中……」

の声にふりかえった。真田信之が、ひざまづいていた。

「………？」

と、顎をしゃくった。

「九度山罪囚のことでございますが？」

「九度山……？　ああ……」

「八丈島あたりへ配流なりませぬか」

「八丈島へ……？　これはまた厳しい」

忠隣は、のみこめた。

「罪囚とはいえ、お上の罪人、勝手に移せるものではあるまい。まあまあ……」

忠隣は、手をふった。あとは何もいわず、歩みだした。

〈お上の罪人か……〉

信之は、忠隣の要心ぶかさに怒りを覚えた。

加藤清正は、投げこまれた手紙を前に、強い憂慮に襲われていた。投げ文は、

「此度、家康上洛につき、秀頼さま上洛お拒みなされ候えば、豊臣家滅亡、必至のことに候。その証拠は、小田原に御座候」

というものであった。

清正も、今度、秀頼が会見拒否すれば危ないことを、ひしひしと感じていた。将軍職も秀忠にゆずって武家の棟梁は、永世に徳川家なりと天下に示した家康が、いつまでもだだをこねるように臣従しない秀頼を許しておくはずがなかった。もし、自分が家康の立場であったら、許すことではなかろう。そう思えば、家康は、よくぞ、今日まで我慢していると感心させられたくらいだ。

しかし、どうすればいいか……。あの淀君を説得して、秀頼を家康の膝下に送りこむことは大変なことであろう。

「誰かある?」

と、清正は、叫んだ。

「浅野を訪ねる。いますぐだ」

支度がととのう間、玄関先につったって、

〈誰が投げこんだのか……〉

と、頭をひねった。

〈真田か?〉

誰かが、九度山の真田幸村が、全国を豊家再興を訴えて遊説しているといっていた。

〈あの馬鹿め……〉

清正は、激しく舌打ちした。そんなことをすれば、かえって豊臣家を滅ぼさせる……。

浅野幸長の屋敷は、赤坂にあった。

幸長も、投文を見るまでもなく心配していた、と暗い顔で言った。

「われらが豊太閤の御恩に報いるのは、わずかに、秀頼公をつつがなく御成人させ、豊臣家の家名を絶えさせぬようにするということのみだ。われらと家康では、あまりにも力がちがいすぎる」

「同感じゃ」

清正は、憮然として髭をしごいた。

「そこでだが、わしは、大御所へ、頼んでみる。秀頼公の説得方として行くことをお願いしてみる……。これとて、どう勘ぐられるか危険きわまりない。しかし、これぐらいは、せねばと思う。今日の清正は、太閤さまのおかげゆえな……。そこもと、わしに同意してくれぬか……」

「うむ……。頼んでみるか……。あの婆アさえいなければな……」

「まさしく傾国の美女じゃ」

「あれが、美女か……」

「若いときは、あれでも……」

ふっと笑った。二人は、低く暗く笑った。まったくやりきれない後家のふんばりであった。太閤時代の夢を追って気位の高い女には、太閤遺臣の誰もが手を焼いている。

正月、駿府から江戸城へきていた家康に、清正と幸長は拝謁して、今度こそ、秀頼の首に縄つけてでもひっぱってくるから、よろしく頼みます、と、頼みこんだ。

「おう、おう……。大坂のものどもが、おことらほど、真に豊臣の将来を思うてくれたらのう……」

と、家康は、感情をたかぶらせて言った。

「わかったわかった……。安心せい。おことらの頼み、しっかと胸におさめておく……」

家康の言葉に、清正も幸長も、喜んだ。念をおし、その旨、誓紙をもらいたかったが、そこまでは押せない。外様大名、それも秀吉子飼いの大名は、自分が生きのびるだけでも大変な世の中であった。

五

「今年は、寒い。ひどい風だ……」

由利鎌之助は、鼻をすすりあげた。

「ぬしは、昨年もそう言ったぞ。寒いといえば寒いのだ」

海野六郎が、たしなめた。

「なに……、きいた風な口をたたくな」

「無駄口をたたくなっ」

穴山小助が、鋭く叱った。二人は、首をすくめた。

小田原城が、夜空にそそりたっていた。風が、音たてすぎる。

三人は、石垣に、皮をかぶってはりついていた。

由利鎌之助が、鼻をすすりあげる。

「きたねえな……。なんとかならんか」

「………」

小助が、きっと見た。海野六郎が首をすくめた。鎌之助が、にやにや笑った。

突然、火事だっ！　と叫ぶ声がした。

「火事だ！　馬草小屋だっ！」

鎌之助の鼻をすする音がやんだ。

三人の前の塀の上に黒い影が立った。

「こいっ」

三人は、皮を脱いだ。

「兄き！」

海野が、しゃがんだ。小助が、海野の肩にのった。鎌之助が尻をおし、塀の上の影が小助を引きあげた。

「待ってろ」

鎌之助は、小声でいって、ひらっと塀の上にあがった。

黒い影、——才蔵と小助と鎌之助は走った。土蔵がある。五人の番兵が、火事の声の方を見ている。

才蔵の手裏剣が飛んだ。五人が、悲鳴をあげて倒れた。才蔵が土蔵へ走り、錠前をあけた。小助と鎌之助が、中にとびこんだ。

二門の大砲があった。小助と鎌之助は、大砲にとびついた。

「早くしろっ！」

才蔵が叫んだ。

「あわてるなっ」

小助が火門に針金を叩きこんだ。

「賊だ！　曲者っ！」

と、叫ぶ声が聞こえた。

「鎌、どけっ」

小助が、もたつく鎌之助をつきとばして、針金叩っこみにかわった。

と、周囲を見まわした。鎌之助は、いなかった。外へでた。鎌之助が、一人の兵を斬り倒すところであった。

「よし」

三人は、走った。もとの塀のところへきた。才蔵が、塀の上に飛びあがった。

「兄きっ！」

と、鎌之助が塀の下にしゃがんだ。小助が肩にのった。鎌之助が立ちあがった。

城兵が、口々に叫びながら、近づいてきていた。才蔵が、手裏剣をうっていた。小助が塀の上にあがった。

「鎌っ」

「おいよっ」

と、鎌之助が飛びあがった。銃声がした。鎌之助が、宙にとまった。次の瞬間、どさっと、飛びあがった場所におちて転がった。

「鎌っ！」

「兄きっ……」

と、鎌之助が叫んだ。

「あばよ」

鎌之助は、よろけながら殺到する城兵に向かって進んでいった。

「鎌っ！」

「兄きっ、行くんだっ」

才蔵が、小助を、突きとばした。ころがりおちた小助を、海野が抱きとめた。

そのとき、轟然たる音がおこり、天守閣を赤くそめあげて火柱がたった。ようやく別動隊が、焔硝蔵に火をつけたのだ。

「遅いっ！　佐助の奴、なにやってるんだっ」

海野が、泣き喚いた。

六

家康は、これ以上不機嫌な顔はないという表情で、秀頼がくるのを二条城で待っていた。

「忠隣めが……。近ごろ、すこし驕りおった。それゆえ、火事などだすのだ……」

大砲は、火事で焼けて、使いものにならなくなった、と家康は報告をうけていた。

秀頼の来着をつげる使番がきた。

むすっと家康は、たちあがった。おつきの者が、はらはらしながら従った。

「小僧っ子が、わしを玄関まで出迎えさせる」

家康は、ふとった身体をいまいましそうに気だるそうに動かした。

が、玄関にたったとき、家康の顔は、にこにこと笑っていた。そればかりでない。

秀頼が駕籠からおりると、家康は、足袋裸足で式台から小走りに近づき、

「よう、おいでなされた、よう、おいでなされた……」

と、秀頼を迎えた。

秀頼の側には、加藤清正と浅野幸長が、付添っていた。

家康は、手をとらんばかりに、秀頼を客殿に案内した。清正、幸長は、秀頼をはさみつけるように、寄りそっていた。それに対して家康は、不快な表情は、毛すじほどもみせなかった。高台院、すなわち秀吉の正妻おねねもきて加わり、池田輝政、藤堂高虎もきて、会見は、終始なごやかに行なわれた。

秀頼は帰った。

家康は、とたんに不機嫌に戻った。

「正信、正信っ」

と、荒々しい声をあげた。

「やはり、あれは生かしておけぬ……。何か考えねばならぬ……」

家康は、いらいらと爪を嚙んだ。

無事、秀頼の座船は伏見を離れた。一路、大坂へくだる。その船を見送って、邸へ戻った清正は、懐から短刀をとりだして、はらはらと涙を流した。

「これで故太閤の御恩に報いることができた」

清正は、もし秀頼に万一のことあれば、家康と差し違えようと、刀を懐中にしのばせていたのだった。

家康、秀頼の会見の模様が九度山に伝わったのは、会見の日から三日目ごろであった。

「足袋裸足で走りだしたか……。かなわんな、狸親父め……」

　と、幸村は、苦笑した。

「狸親父、これから、鵜の目鷹の目で、きっかけを探そうとするぞ……。準備を早くととのえなくてはな」

　幸村は、曾呂、と声かけた。

「烏丸の墓を詣でよう……。今回、狸親父の裏をかいて、大坂攻めをやめさせたのは、烏丸のおかげだからな……」

　大、忠、チカの謎、謎といえないほど簡単なものだが、兄の信之を追いつめ、幸村に刺客を送らねばならないようにした大久保忠隣に、報復しようと曾呂がでかけて、狙っているうち、家康の意図をさぐりだしたのだ。それで、幸にも未然に防ぐことができたが、もし、いま、大坂が攻められたら、ひとたまりもなかったろう。

　しかし、浪人以来、はじめて犠牲者をだしたことを思うと無念でならない。「あばよ」といって敵兵の中にはいっていったというが、幸村は、その言葉から、仕種が、どこか剽軽であった由利鎌之助が鮮かに思いだされる。

　大久保忠隣が改易になったのは、それから十日ほどすぎてであった。

真田丸

一

方広寺《ほうこうじ》の鐘名問題から、関東と大坂方の雲行が、俄然、あやしくなった。

方広寺は、秀吉が、子孫の繁栄を願って、鎌倉の大仏を真似て建立した大伽藍であった。

それが、慶長元年の大地震で潰れた。秀吉は、再建の意志があったが、その実現をみないまま死んだ。

家康は、秀頼に、秀吉の意志を奉じて、これを再建するように勧めた。秀頼、淀君の母子は、豊臣家の家運挽回のため、あわせて、秀吉の冥福を祈るため、喜んで、再建工事にとりかかった。

途中、火災をおこし、再々建などと難行したが、ようやく、八年の歳月をかけて、慶長十九年に完成した。これに要した費用は金で千七百七十五貫といわれる。このため、太閤時代に貯めた金銀も払底したろう、といわれる。これは、豊臣氏の財力を殺ぐための家康の戦略であった。

この完成のころから、徳川家康の難癖つけがはじまる。

大仏開眼や堂供養の日取りに、いちいち、家康は、文句をつけて、変更させた。建てたのは秀頼で、家康ではないのだから、がたがたいうことはないし、いわれることもないのである。が、家康は、姑の嫁いびりのように、いびりにいびった。家康は七十三歳、もうあとがない。自分の目の黒いうちに、豊臣を潰しておかないと、死んでも死にきれない。そのため、難癖をつけ、挑発し、豊臣方が怒って謀叛するのを待っているのだ。

豊臣方は、その挑発にのるまいとした。

ついに、しびれをきらした家康は、方広寺の、新しく鋳造した鐘の銘文の中から、破廉恥な無頼漢でもとりあげないような豊臣討伐の口実をつかんだ。

「国家安康　君臣豊楽」

の八文字である。家康は、自分の名に安の字をいれて断ちきり、豊臣を君として末ながく楽しもうとしている、といいだした。これは、漢文の読み方もめちゃくちゃ、もう理屈もへったくれもない、とにかく開戦の口実さえつけばいいというのだ。

ところが、家康の、どっから読んでもそんな解釈のできない解釈を、学者、禅僧が支持したのだから驚きである。まったく学者や僧侶ぐらい権力に弱いものはない。

それでも、片桐且元《かつもと》が、最後の最後まで、関東と大坂の調停に奔走したが、大坂方もさすがに腹にすえかねて、片桐且元を追放し、一か八かの決戦を決意した。

万城山中の大筒小屋で、穴山小助は、大砲を磨いていた。据えられた瞬間、ずしっと重たく座って、びくともしない大砲の充実感が、小助には、なんともいえず好きだった。肌にふれると、手の平に伝わる金属の質感と重量感が、こたえられない。

そして、その音だ。突然、火花を発した瞬間から、頭の中が、わーんとからっぽになったような気がして、身体の芯のあたりが、ずきんとくるのである。

「おめえたちもずい分ながいこと辛抱したなあ……。もうすぐだ。もうすぐ日の目もみられるぞ……」

小助は、大砲に語りかけながら、愛撫するように磨いた。

もう関東と大坂の手切れは、時間の問題であった。大坂から、片桐且元や誰かが、駿府へ行ったりきたりしているが、家康の腹はきまっている。その証拠に、関東方では、鉛や焔硝がどんどん値上がりしているという。

　ふっと人の気配を感じた。

　小助は顔をあげて周囲を見まわした。誰もいなかった。さっきまでいた才蔵の姿も見えなかった。気のせいか、と磨きにもどって、ふいに由利鎌之助を思いだした。

「兄き……、あばよ」

　と言って、負傷のため、よたよたとふざけたように走っていって敵兵の中に突っこんだ鎌之助……、三年前のことが、昨日のように鮮かに思いかえされた。

〈そうか……〉

　と小助は思った。大砲に、もうすぐ日の目が見られるぞ、といった言葉をききつけて鎌之助も、あの世からでてきたのにちがいない。しかし昼間っからだから、

「ちょっくら、照れくさくってよ……」

　とかなんとかいって、物陰にかくれているのかもしれない。せっかく配所暮らしで苦労してきて、天下に名をあげる日も、間もないというときに、死んだ。畜生っ、と小助は叫んだ。

「鎌っ、おまえの分も働いてやるからなっ」

　小助は、叫んだ。

「どうしたんだ？」

才蔵が、足音も立てず、はいってきた。小助は、わっと声をあげた。

「あんまり驚かすなよ。おまえには、いつも驚かされる。人なみに足音くらいたてろよ。いきなり、どうしたんだもないものだ」

「シイッ！」

才蔵が、激しく制した。

「なにか？」

といったとき、小屋の中に、黒い影が、なだれをうって、はいってきた。

才蔵が、たてつづけに手裏剣をうった。

「なに者っ！」

と小助が叫んだ。裏口からも黒い影は殺到した。

手裏剣をうけた何人かが、そのまま、才蔵へ突進してくる。天井の低い、狭い小屋の中であったことは、才蔵の悲劇であった。一人の男が、才蔵に抱きついた。と——、後進の男が、味方の男もろとも、才蔵を刀で刺しつらぬいた。才蔵が、男を突きはなしてよろめいた。そこを三人目の男が、才蔵の脳天に、烈刀を叩きつけた。

才蔵は、かるくぴくんとしたばかりでしばらく立っていた。それから、ばたんと倒れた。頭が二つに割れた。

小助も、三人の三刀で胸、腹を突かれて、その刀で支えられて立っていた。同時に三本の刀がひきぬかれ、つづいてその三刀が、据物斬るように、小助の三方から斬りさげた。

一瞬のことであった。

「こいつか……」

と片目の男が、才蔵を足で蹴転がした。

「何人やられたか？　こちらは」

「六人です」

「六人！　まさか……」

片目は、うめくように言った。

「うぬらは……」

小助が、床をのたうちながら、うめき声で聞いた。

「何者だ」

「柳生の者だ」

「…………」

小助は、かくっと顔を床につけた。

伊都の谷中をゆるがすような轟音があがった。

幸村は、顔をあげた。曾呂、佐助、根津甚八が、幸村を見た。次の瞬間、曾呂と佐助は、外へとびだした。

「殿っ」

海野六郎が庭を走ってきて叫んだ。

「万城山の方向から音が……」

つづいて、屋敷中の者が、集まった。佐助と曾呂の姿がなかった。

小半刻ののち、曾呂が、茫然とした様子で、戻ってきた。

「才蔵と小助どのです」

曾呂は、一本の手裏剣と油布の切れ端を幸村の前においた。

「小屋は、爆破されていました。二人とも粉々に吹きとばされて……」

曾呂は、顔を覆うた。

「暴発か……?」

と、幸村がいったのは、かなりしばらくのちであった。

「いいえ……。何者かの仕業です。大筒の火門に釘を叩きこんでありました。大筒は、一挺は、谷へ転がりおちていました」

「佐助は？」

「あとしまつをすると……」

「そうか……」

幸村は、爆発あとの惨状を思いうかべた。目もあてられない状態だろうと思った。

「われらも手伝いに……」

「佐助一人でよかろう。大筒小屋が襲われたことは、周辺に忍びの目が光っていると思え。佐助なればこそ、それができるのだ。……」

幸村は一同を見まわした。決然とした意志が、眉宇にただよっていた。

「もはや、ここにとどまってはおれぬ。浅野もだまってはおれまい。今夜半に出発といいたいところだが、飛ぶ鳥あとを濁さずのたとえもある。幸村、うろたえまくって逃げおったといわれるのも業腹、あとしまつをつけ、世話になった村人に別れを告げて明日夜半、堂々と出発いたす。皆のもの、支度いたせ……」

幸村は、さらにいった。

「もし、浅野方が参ったとすれば、そのときは、一戦に及ぶ。秀頼公の御旗をかかげ、大坂関東手切れの魁けとなろう」

二

翌日、真田監視のために出張してきている浅野家の西馬村の警備兵詰所へ、九度山村の庄屋と大人の二人がきた。

「てまえども九度山村の者は、御領主さまより、かねて真田監視方を仰せつけられておりますが、今朝、真田の者が参りまして、日ごろ、世話になった礼に一献さしあげたいと申してまいりました」

「当今、関東、大坂との御間、とかくの噂もございますれば、真田方は、なんぞたくらみもございまして、てまえどもに馳走いたそうとの魂胆と愚考いたし、かくのごとく訴えにあがりました」

「馳走するというのであれば、馳走になればよい」

組頭は、酒くさいおくびをもらしながら、こともなげに言った。この組頭は、九度山が真田父子を預かって十七、八年の間、三人交替した隊長の中で一番、だらしなく朝昼晩と酒ばかりくらっていた。

昨日の奇怪な轟音も、形ばかり山まわりして、「わけがわからん、とにかく世の中は広い。人智をこえたこともあろうさ……」と言って、帰ってくるなり、酒を呑んで眠ってしまった男だ。
二人は顔をみあわせた。この重大さが、この組頭にはわかっていないのか、という
二人の顔色であった。
「不服そうじゃな。では、その方ら、真田をひっとらえよ。どうも大坂方へ走りそう
だと城下へつきだせい」
「………」
「それはできぬか。ならば、馳走になれ。さだめし、真田は、大酒を強いるであろ
う。呑むがよい。動けぬほど呑め。呑んで前後不覚となるのよ」
「………」
「なまじ醒めていると、てひどい怪我をするぞ。ただし、両人とも村の長じゃ。お叱
りぐらいは受けるものと覚悟いたせ……。なに、たかが、お叱りだ……」
組頭は、大きな口をあけて笑った。
二人が帰ると、組頭は、大盃に酒をつぎ、一気に呑みほして、大盃を叩き割って
言った。
「わしも、もとはといえば信州侍じゃ。罪人が逃げだすのを、だまって見すごすわけ
にはいかぬ」

組頭は、和歌山に使いをだして、五十人の捕手を要請した。

その夜、村人は、真田の配所に集まった。幸村は村人たちに挨拶した。

「日ごろ、なにかと世話になった。心ばかりの礼に、酒を用意した。心おきのう、呑んでくれ」


それから真田の者たちは、総出で、酒をすすめてまわった。もう結構というのを、いざいざと強いるのは、組頭の言ったとおり。こうなると、早く前後不覚となった方が、なにか知らないが恐ろしいものを見ないですむような気がした。村人たちは、たちまち、酔いつぶれた。

「よかろう。出発いたそう」

幸村は、二十人あまりの家来を見まわした。幸村の妻子、家来の妻子は、曾呂に命じて昨日のうちに避難させていた。幸村の子は、嫡男の大助幸昌十四歳と三女の阿梅二十三歳が従った。阿梅は、女丈夫であった。

前軍、筧十蔵を長に、望月六郎、青柳千弥ら、計六人。中軍、幸村、大助、阿梅に従って堀田作兵衛、猿飛佐助ら七人。後軍は樋口四角兵衛、根津甚八、海野六郎ら五人。

「皆の者、それぞれ、数百人の将と心得て、威風堂々と行け」

幸村は、六連銭旗をかかげさせた。

「おう！」

一同は、感動した。今日まで、十四年の間、つづらの底の底にしまいこまれていた真田の象徴が、いま、再びひるがえったのである。

一隊は、紀ノ川の左岸を上っていった。十数年、暮らした土地と別れることは、さすがに感慨があった。とくに、夜空に、ぼんやりうかぶ万城山をふりかえると、小助と才蔵のことがしのばれてならない。

半刻あまりののち、紀ノ川の渡河点、向副に着いた。川を渡れば、紀見峠への登り口である峠から、河内長野、富田林をへて大坂にいたる。三日強の道程である。

軍法通り、物見を出した。望月六郎と青柳千弥の二人が、出かけた。そのとたん、対岸に、点々と火がついた。

これは、怪しい、と一行は、色めきたった。待つ身の辛さで、望月、青柳両人、何か異変があったかと心配になったころ、戻ってきた。

「浅野兵およそ六、七十人、迎撃の体勢とっております。長は、西島の酔っ払い……。呑んだくれの愚物と思っていましたが、なかなかの侍ですな」

と、両人は報告し、感心していた。そこへ、対岸から、松明が動いてきて、大音が聞こえてきた。

「それがし、信州長久保の出自なり、笠取文吾兵衛と申す……。このたび、真田どの退去とうけたまわり、ここに参上……。いざや、一さし、連れ舞いなど所望いたす……」

幸村は、樋口四角兵衛に、答えてやれ、と命じた。四角兵衛は、進み出た。

「おなつかしや、信州の方でござったか……。ならば九度山在住のおり、酒などくまんものをそれとは知らず残念であった……」

四角兵衛もまけずおとらずの大音を、橋本谷にひびかせた。

渡河点は、二か所あった。一つは川上の飛び石づたい、一つは川下の浅瀬である。この両点とも、笠取がおさえていることはいうまでもない。

幸村は飛び石づたいの渡河点に、真田軍の総火器である三挺の鉄砲を配置した。浅瀬の前に残り全軍を伏せさせた。

「佐助、海野、両人は、川下より、望月、根津は川上より、それぞれ渡って敵後方より攻撃せよ」

四人は、それぞれ闇に消えた。

つづいて、阿梅に一番の長老筧十蔵をつけて、松明をもたせ飛び石づたいに行かせた。

「真田どのの姫でござるっ！」

と、樋口四角兵衛が、声をあげた。

「ここに思わざる伏兵にあい申し、真田幸村、別しての困難となり申した……。思いっきり戦う所存なれど、娘を道づれにするのは、いと哀なり……。笠取どのっ、同じ信州侍として、おすがり申す……。真田が娘儀、よろしく、お取りはからい願いたい……。さらに、老僕一人つけたれど、その者は斬りすてられても苦しゅうはござらぬっ！」

「心得たり……」

と声が返ってきた。

「しかと、お預かり申すっ！」

阿梅が渡り終わった。

それを見すましてから、真田の三挺の鉄砲が鳴りだした。笠取方も応射した。

阿梅と筧十蔵は、笠取文吾兵衛の前につれていかれた。

「爺……、その方は殺しても苦しゅうないそうだ、どう致す？」

「勝手にしなされ。おらぁは、姫さまを無事にお渡しすれば、用がすんだ」

「ほう……。小者とは思えぬほど、けなげな者よ……。よし、爺、姫を守れ」

と笠取はいい、従兵に二人を寺へ預けてこいと言った。

そのころ、川上へまわった望月と根津は、三十人の敵と、まっこうからぶつかっていた。敵隊も、望月たち同様、真田の側面攻撃のために渡河していたのだ。

川のまんなかであった。二人は、暴れまわった。大声をはりあげながら、暴れた。幸村に知らせるためだ。三十人の兵と戦うには、足場が悪かった。それでも七、八人は倒したろう。やがて包みこまれて、突き伏せられた。

真田方は、銃声と川の水の音で、川上の戦闘の音を聞くことができなかった。

川下の佐助、海野は、たちまち渡河し、敵後方にまわりこんでいた。馬が三頭ついであった。笠取たちの乗馬であった。番人一人、一撃であて落として、干草を鞍に満載して、幸村の合図を待った。

長いじりじりする時間がすぎた。と、二十人ばかりの一隊が、二人の方へ散開してきた。そして、一人の兵が、あっと指さした。

「海野っ！　発見された。これまでだ」

佐助は、干草に火をつけ、馬の尻を叩いた。海野も火をつけた。三頭の馬は、狂奔した。二十人の兵は、仰天した。佐助と海野は、手裏剣を乱射した。兵は、逃げた。

馬は、本隊へ飛びこみ、混乱させた。

幸村は、対岸の騒ぎに、

「しかたがない、いまだ」

と思った。このしかたがないは、川上の渡河成功の合図がなかったことだ。

「よし、いまだ、進めっ！」

と幸村は、叫んだ。すこしあせったのかもしれない。なぜ川上の合図がなかったのか考えなかったのは……。

皆、一斉に立ちあがり、夜目にも見える水しぶきをたてて突撃した。

笠取方は、混乱の上に、正面の敵を迎えて潰走しかかったが、危いところで飛び石の守兵がどっとくりだしてきて体勢をたてなおした。同時に、川上から笠取の別動隊が、幸村たちの背後を襲いかかった。

「よしっ！　一騎がけに斬りぬけよっ！」

幸村は叫んだ。

佐助と海野は、幸村の苦戦を見ると、戦いかける敵とひきはずして駆けつけた。

笠取文吾兵衛は、ひとしきり戦い、一呼吸いれた。そのとき、笠取は、目を見はった。なんと阿梅は槍をかい込んで立っていた。よぼよぼの老爺も、しゃんとした腰つきで、笠取に槍をぴたっとつけた。

「しゃらくせえっ！」

笠取は怒って、槍をくりだした。一、二合つきのけて、目ざわりなと、阿梅に槍をくりだした。そのとき、筧の槍が、笠取の脇腹をつらぬいていた。

「姫っ！」

「笠取どの、うちとったたっ」

阿梅は、かなきり声をあげて、槍をふりまわしながら、かけめぐった。

「笠取どの、うちとった！」

敵は、ひるんだ。幸村たちは、繋がれていた網が切れたように軽快となった。敵の戦意が、急速に衰えた。幸村たちの動きは、さらに自由になった。

ついに、敵は、潰走にうつった。やがて幸村たちの周囲に、敵の姿はなくなった。

幸村は、皆を見まわしかけて、

「佐助っ！」

と、叫んだ。佐助が、へなへなと腰くだけに倒れるところであった。幸村が、抱きかかえると、うすく目をひらいて、

「大助さま……」

といった。それが最後の言葉であった。

大助は、すこしはなれたところで、阿梅に、槍を摑んだ指を一本一本離してもらっていた。

海野六郎が、自害した。腰を斬られて動けなくなっていたのだ。望月、根津の奮闘のあとをものがたる死体が、飛び石にひっかかっていた。青木半左、飯島市之丞も戦死した。

青柳千弥、堀田作兵衛、樋口四角兵衛、三井仁左、重傷。残った者も無傷なものはいなかった。阿梅も、肩先を突かれて、血をしたたらせていた。

三

「幸村か……」

秀頼は、一瞬、泣きだしはしないかというような視線を幸村に向けた。それは、運命の苛酷さをやっと耐えているといった、ひよわな二十二歳の青年の姿であった。

「その方の関ヶ原での武勇、忠節のほど、聞きおよんでいるぞ……。よろしくよろしく、頼みいるぞ……」

かぼそい声であった。

無理もない。豊臣が徳川との決戦で、頼りとした大名は、誰一人、応じてくれなかった。秀吉子飼いの大名も、太閤恩顧の大名も、誰一人助けようとしない。福島正則は、「秀頼さまも、まことと無益なことを思いたたれたものよ。しかし、いまさらいっても取りかえしのつかぬこと、この上は、大坂城でお果てになるほかあるまい」と無情な返事をよこした。九州の雄、島津も、「昔は昔、いまはいま……、関ヶ原合戦で、太閤への義理はすんだ、いまの所領は、徳川家康、秀忠の安堵によるもので、徳川家に弓をひくようなことはできるわけない」と、断わってきた。蜂須賀家政、浅野幸長……、全国の大名という大名から、豊臣家は見はなされていた。

集まるのは、ほとんどが食いつめ浪人である。銭欲しさの日傭い人夫同然の、身も心もむさくるしい浪人たちであった。

これでは、秀頼の落胆、傷心は当然であろう。

「幸村、全身、全霊を投げうって、御奉公に励みます」

幸村は、秀頼の頂点に立つ者の辛さを強く同情しながら、平伏した。

「これなるは、嫡子大助幸昌……。もし御側衆の端にでもお加えくだされば、家門の誉、これにすぐるものはございません」

「そうか……、大助と申すか……」

秀頼は、面を輝かせた。側衆の端に、家門の誉などと言葉は美しいが、大助は人質なのだ。傭兵の大将の立場はむつかしい。

幸村は、宿の大野修理太夫治長《はるなが》の屋敷に戻っても、秀頼の不安に耐えている姿が脳裡からはなれなかった。しかし、

〈弱い……。太閤の御子が、弱すぎる〉

期待はずれの思いが、じわっと胸中に湧いてきた。いますこし、傲岸であり、せめて顔つきなりとも憎々しげであってくれた方がよかった。あれでは、上臈であった。武人とはいえない。

〈が、まあいい……〉

俺は……と幸村は思う。

〈親父を離れて、一度は戦ってみたかったのだ〉

使番がきて、毛利吉政がきたことを告げた。

「吉政……」

と、思わず、腰をうかした。

吉政は、敷居ぎわに立って、豪快に笑った。一笑いして、幸村の前に座り、挨拶し

た。

「きたきたぞ、真田どの……」

吉政は、ここでも笑った。

「貴殿が、せっかく土佐まで参られたが、あのときは、無愛想にお帰ししたなあ……。改めてお詫び申しあげる」

「いやいや、おいでくだされて、どんなに心強いことか。しかし……」

「女房ですよ。女房に叱りつけられました……」

「奥方と申されると、あの鐘楼脇の小屋でおあいした……」

「さよう。あいつが、男なら、ひと花もふた花も咲かせてこい、と申して、追いたて申した」

「それはそれは……」

幸村は見事な夫婦だと思った。

家康からの預かり人を逃がした、気のちいさい山内家が、残った者にどのような報復をなすか……、二人とも考えたことだろう。が、妻は、夫の男を立てさせるために、我が身にふりかかるかもしれない災難もかえりみず、送りだしたのだ。夫も、妻の深い愛情にこたえて、男の死花を咲かせにきた。

「毛利どの、やろう……。とことん、やりぬこう」

幸村は、吉政の手を摑んでゆすった。

「長曾我部盛親どのと、貴殿が、頼りでござる！」

勝利のあかつきには、五十万石の大名……。幸村は、ふっとおかしくなった。すっかり忘れていた外法の老婆を思い出した。

〈兄者、おれは五十万石の大名だ。人数も六千人ばかりかかえている〉

幸村は、上田九万五千石の信之に、笑いかけるような気持ちであった。兄をしのいだわけだ。あの老婆が言ったように。

幻の所領でもいい、いや、所領などどうでもいい。日本全国を相手に戦うことこそ、男子の本懐ではないか。

四

「なにがゆえに、太閤さまは、出城をおつくりにならなかったのでしょうか、そのように必要なものでありましたなら……」

淀君は、不快そうに、冷たい目を幸村にそそいだ。

長曾我部盛親が、幸村をちらと見た。

幸村は、うすく笑った。

〈女になにをいったってわかるものか……。だまって、勝手に築けばいい……〉

と、思った。幸村は、外堀の外、天王寺表に、出城を設けることを提案した。

大坂城は、北は天満川、東は平野川、猫間川、西は海が近く、それぞれがすぐれた防衛線をつくっていたが、南は、そうした河川はなく、なだらかな起伏の平坦部がひろがっていた。攻城軍が、その平坦部に本陣をおき、主力を展開するのはわかりきったことであった。そこが、外堀一本では心もとない。だから、強力な出城をつくり、自分が守ろうというのだ。

そのことを、先ほど縷々説明した。

が、淀君の口調は、反対らしい。いや、反対なのだ。権高な顔が、反対している。なぜか？　あまりにも、太閤築城の大坂の欠点を強調しすぎたためか。それで、太閤をくされたとでもうけとったのであろうか。それとも、淀君の承認をえないで、自分が守るといったためか。

大坂城は天下の名城である。それは誰もが認めるところである。が、一度も、実戦を経ていない城である。やはり、人の頭でつくったものは、いざ使うときになると、手直ししなければならないところがでてくるものだ。机上の作戦が実際の戦闘でそのまま通用しないように。

もし、秀吉が、この城で実際に戦っていたら、何をおいても、出丸をつくっていただろう。天下太平、誰も攻めてくるとは思っていなかったから、造らなかったまでだ。

もう、淀君に反論するのも、面倒になった。

「のう、治長、そなたは、どう思いますか？」

淀君は、大野治長へ視線をうつした。

「さようでございますな……。太閤さまも、この城を落とせるのは、わし一人だと仰せになっていられたこと、出丸は……」

「大野どのっ」

毛利吉政が、かっとした声をあげた。幸村は、はっとした。止めようと思ったが、吉政はすでに口を切っていた。

「貴殿は、どれほどの合戦の御経験がおありかっ。真田どのは、徳川を二度も追い退けた智将、その真田どのが必要と仰せられている。一戦もいたさず、とかくのことは、申されるでないっ」

「毛利どのっ！　いまのこと、妾にいうてござるのか？」

淀君の目がつりあがった。

「大野どのに申しております」

「いや、一戦もいたさずとは、誰のことか。治長も、太閤さまの近習として、戦場に参っているはず……」

「とにかく……」

「毛利どの、やめられい」

と、幸村は制したが、吉政は、表を怒張させて、さらに強く言った。

「いや、合戦は、口先だけではできぬ」

「お退りっ、退れっ」

と、淀君はこめかみに青すじたてて叫んだ。

「はっ……」

吉政は、がばと立ちあがって誰もとめる間もなかった。吉政は、荒々しい足どりで、退った。

「無礼な」

淀君も、立ちあがり、奥へ消えた。

秀頼が、唇をかみしめて、うつむいていた。

淀君の使番がきた。大野治長を呼んでいるという。治長は、困ったような顔で、一座を見まわした。誰も、治長の視線に応える者はなかった。治長は、ぎこちなく立ちあがり、逃げるようにでていった。

「幸村、許しておくれ……」

秀頼が泣くような声で言った。

「ぜひ、必要なものは、築くがいい。母には、秀頼が、話しておくゆえ」

秀頼も、いたたまれない様子で、でていった。

誰かが、大きな吐息をもらした。

「毛利どの、よう仰せられたな……」

後藤又兵衛が、言った。大きな溜息も、又兵衛だったらしい。

「われらも退出つかまつろう」

長曾我部盛親が立ちあがった。

大野宝馬、南条中書、石川伊豆、明石掃部そして後藤又兵衛、幸村も、盛親にならって立ちあがった。

「真田どの……」

と、後藤又兵衛が、すりよってきた。

「これでは勝てぬ、なんとかいたさねば……」

「…………」

「日本全国の大名が寄せてくるというのに……。だいたい女が軍評定の席にしゃしゃりでてくるなどとは、聞いたこともない」

「御袋様も、まあ一生懸命だからな……」

「真田どのは、大気の人だから、そういっておすましだが……。女、女……。天下の大軍を抑えて籠城しようという城に、女が一万人の上、いるとのこと、これで、本気で戦うのですかね。女が一万人、まるで、こちらが、寄手に賞金をやろうとしているようなもの」

幸村は、思わず眉をしかめた。落城のとき、将兵は金品を奪うとともに、女を陵辱する。物と女、これを奪う楽しみがあるから、兵は気負いたつともいう。この城に、阿梅がいる。一万人余の中の一人であった。

「しかし、出丸は、なんと申しても必要ですな」

「さよう、ぜひとも築かねば……」

幸村は、毛利吉政を慰めておかねばならない、と思った。

幸村は、強引に出丸をつくりあげた。一段、高い地に塀をかけ、外に空堀をめぐらし、三重の柵を設けた。要所要所に、矢倉や井楼をあげた。

そして、ここを守る真田隊は、赤一色の具足をつけさせ、幟、指物、ほろも赤くそめ、遠くから、この出丸をみると、真赤に燃える満開のつつじの花の山のようであった。

誰いうとなく、「真田丸」といいだした。

幸村は、この真田丸を、全国の侍どもの頭にたたきこむような、華々しい合戦をしてみせると思った。

五

七十三歳の家康は、がぜん、張り切った。家臣たちは、すっかり若やいで、てきぱきと司令を発する家康を見て、驚嘆した。数日来、風邪気味だった家康である。十月十一日、駿府を出発した。召しつれた兵は、わずかに四百数十人にすぎない。途中、鷹狩りなどを楽しみながら上るという、悠々たるものである。京に着いて二条城にはいったのは、二十三日であった。

この日、二代将軍秀忠は、伊達政宗、上杉景勝を先陣に、譜代の面々、約二十万をひきいて江戸城を発向した。

この秀忠は、滑稽である。秀忠は、関ヶ原戦のとき、上田城で足留をくらい、大事な戦機に間にあわず、家康の不興をかった苦い経験があった。それで、今度は絶対に遅れてはならないというので、遮二無二、道を急いだ。秀忠が急ぐので、先陣も追いあげられ、伊達、上杉の兵らは、掛川、見付あたりまでくると、もうへとへとになって、逃げだす者もでてきたという。

家康は、それを聞いて、あの馬鹿、どうしようもないな、とあきれかえったという。家康はいたずらに人馬を疲れさせるな、と叱り、ひどく不機嫌であった。

秀忠は、十一月十日、二条城にはいった。十五日、家康、秀忠は二条城を発向、十七日、家康は茶臼山、秀忠は平野に着陣した。

真田丸が望見される。

家康自身が、真田軍をこうして合戦場で見るのははじめてであった。家康は、秀忠をつれて真田丸見物にでかけた。そして、

「なるほど、ここに出丸をつくったか。幸村め、昌幸にも劣らぬ男よ」

と、感心した。防禦陣に最適な場所に位置する出城であった。

「大御所さま、秀忠に攻めさせてくだされ」

と、秀忠は、言った。

「上田の敵をとってやりとうございます」

「よせよせ、おぬしの手にあう男か……。前田あたりにやらせよ」

と、抑えた。

真田丸の持口は前田利常にきまった。

大坂城は、天下の名城である。家康は、無理な力攻めはしなかった。それに、だいたいが、家康の得意は、野戦であって攻城戦ではない。秀吉は、野戦より攻城戦が得意であった。その秀吉の築城の城だから、家康も用心ぶかい。

だが、包囲網は、じりじりとちぢめていった。鴫野、今福あたりでは、相当な激戦で、後藤又兵衛が奮戦し、佐竹、上杉隊を遠く追いちらしたりしたが、大勢としては、城方への圧迫は次第に強まっていった。

真田丸に、前田利常、井伊直孝、松平忠直らの兵が大挙して攻めかけたのは、十二月四日のことであった。

前田らにとって、真田ぐらい小憎らしいものはなかった。

こちらが寄せていけば、ひっこむ。こちらが退けば、出てくる。それが、真っ赤な兵なのではなはだ目立った。まるで、からかわれているように見える。しかも、前田らの後陣に、秀忠、家康が並んで陣取っている。二陣とも高みだから、それがよく見えるらしい。

「加賀どのは、童遊びがお好きとみえる」

と、家康が笑った。

「それがしは、同じ赤でもいろいろあるのう、と笑われ申した……」

と、井伊直孝も、くさりきった。

「されば、加賀どの、寄せ切って、詰めきり、赤武者どもを出さぬようにしようではないか」

と、寄せて行き、赤武者を真田丸に追いこみ、もう出さぬぞ、と詰めていると、その背後に忽然として赤武者が出現し、篠つくような銃弾をあびせかけてくる。出丸へ逃げこんだとみせかけて、半分を、笹山などに残していたものだ。前後を挟み打ちにされて、寄手が敗走すると悠々と謡いながら、出丸へ戻っていく……。翻弄され通しであった。

ついに腹にすえかねた前田、井伊、松平らは相談をとげ、家康は力攻めを嫌うので……、しかし真田丸を落とせば喜んでもらえるだろうと、家康には無断で、一大攻勢をかけることにした。

およそ一万五千、前田、井伊、松平軍は、竹束を楯に、攻めていった。矢弾をかいくぐり、空堀をわたり、堀にとりついた。その間、寄手は、堀のふちに鉄砲をならべて、真田兵が、塀から顔を出せないほど、射ちしらませた。

寄手は、いっせいに塀にとりついた。

と――、塀が、倒れた。いや、はがれたのだ。上っ皮がはがれるように、空堀の中は、土煙が渦巻き、悲鳴、絶叫がおこっていた。塀は、見かけは一重造りであったが実際は二重造りであったのだ。寄手がとりついたときを見はからって、支えの綱を断ったのである。このとき、五、六百人が土石や味方の兵の下敷になって死に、二、三千人が負傷した。

塀の内から、真田兵が、どっと囃子たてて笑った。

生きのこりは、ようやくの思いで這いあがり、退きにかかった。敗退だ。このとき、井伊直孝は、真田がでてくるぞ、と思った。井伊は、前田、松平に使いをやって、

「うちまけて逃げる体にいたし、真田がでてきたところを、大返しに返して討つべし」

と、いわせた。前田、松平は、大いに同意した。そこへ、一隊が走りよってくる。

「何隊か？」

と思った。普通の具足の兵で、真田の兵以外の大坂方は、城外へ出る者はいないは

ずだ。味方だろうと思っていると、これが、なんと真田兵であった。引き揚げの兵たちは、大将たちの意図は知らない。浮き足だって引き揚げている。そこを、赤くはない真田兵に衝かれた。

大将三人も驚いたが、兵たちはもっと驚いた。いっそう浮き足だった。またそのとき、今度は、赤い真田がくり出してきた。

一万数千、完全な潰走となった。潰走兵は、秀忠軍をまきこみ、ついでに家康本陣までまきこみそうになった。家康は、驚いて、その味方に鉄砲をうちかけ、ようやく、まきこまれるのを避けた。

〈恐ろしい奴よ……〉

家康は、上田戦が二回とも勝利できなかったわけを、身にしみて味わった。

六

「大御所さま、総攻めに攻めさせてください」

と、秀忠は、家康に願った。

「二十万の大軍でかこみながら、荏苒《じんぜん》、無為に日を過ごすだけでは徳川の威信にもかかわりましょう。秀忠、先頭に駆けて、のっとりましょう」

家康は、まじまじと秀忠の顔を見た。秀忠は三十五歳になる。大坂城は難攻不落の名城である。短期決戦が、いたずらに犠牲をなくするだけで効果がないということがわからんのだろうか。三十五歳にもなって、である。

「お勇ましいのう……」

家康は、下唇をむっとつきだして、そっぽを向いた。

「ながびけば、西国大名の間にも動揺がおこり、思わぬ大事に至るかもしれません。大御所さま、なにとぞ、秀忠に、総攻めを、お許しください」

「………」

家康は、きいたような口を叩くな、と依然そっぽ向いたままであった。

「大御所さま、秀忠めに……」

「利勝、利勝っ……」

家康は、いらだった声をあげて、土井利勝を呼んだ。若々しい、いかにもきれものといった感じの青年がきた。

「将軍家が、総攻めしたいとのことじゃ。ちとお教えいたせ」

家康は、さらに秀忠から顔をそむけるように、首をねじった。

秀忠は、すごすごと家康の前をひきさがった。土井利勝が、後につづいた。

「上さま……」

「よいよい……」

秀忠は、にやっと笑った。土井利勝も微笑をかえし、一礼して退った。利勝は、間をおいて家康のそばへ戻った。

「将軍は、戻ったか？　あやつもわしの機嫌をそこなうまいとして、懸命じゃ。わかりきったことを言いにきて、わしに叱られておる」

「は……？」

「まあいい。石火矢をふやせ。午刻も、うたせよ。手練れ者に命じて、淀君の居間を狙わせよ。一方、和睦のことも、怠るな」

「はい。さっそくに手配いたします」

土井利勝は、退りながら、

〈大御所も大御所、将軍も将軍だ……〉

と、思った。本当に恐ろしい相手は、大坂方にいるより、味方の中にいる、と思った。秀忠は、後日、三代将軍家光の時、大御所となって、大いに威を張った人だ。

攻城の砲撃は、一段と激しくなった。

家康は、大坂城攻撃に備えて、四貫目玉、五貫目玉の外国製大砲を二十門ほど用意していた。イギリス商人などから求めたものだ。日本では、また一貫目玉以上の大砲はつくれなかった。

大砲は、人には大して役にたたない。大きな鉄丸がとんできて、どすんとおちてごろごろと転るだけだ。が、建物には有効であった。屋根や壁をぶちぬき、柱をへしる等、破壊力があるからだ。人間相手なら、こまめに沢山射てる鉄砲の方がいいということは、城から寄手に対しては鉄砲がよく、寄手から城を攻撃するときは、大砲がいい。天守閣や井楼などの動かない大きな目標を狙い打ちして破壊できる。鉄砲では崩せない塀や石垣を壊して防禦力をはなはだしく弱めるので「国崩し」などといわれた。

寄手の砲撃は、朝、昼、夕と昼の一回がふやされ、発射数も前の倍となった。

さらに、城に近い備前島に井楼を組みあげて、大筒三百挺、国崩し五門を配置して、淀君の居間を狙わせた。

寄手が砲撃を強化すると、城方もそれに対抗して、応射してくる。その音は、物凄く、京都まで聞こえて公卿衆までおびえさせたという。

戦ってもいない公卿さんがおびえるくらいであったから、直接、砲撃される城方の恐怖はおしてしるべしである。

砲丸は、天空にそびえる。偉大な大坂の象徴であった天守閣を、次第に穴ぼこだらけにしていった。その傷ついていくさまをみていると、大坂方崩壊の象徴とみえてくる。この心理的な圧力は大きい。

城方が、大砲でやられているなら、寄手は城方の鉄砲でやられている。毎日三十人、四十人と銃撃による死傷者がでているのである。ときには、二百人三百人の死傷者がでるときもあるのだが、人はすぐさま運び去られて、城方からみるかぎり、何の損害もないように見える。ところが、天守閣は、おいそれと動かすこともできず、修理すらできない。無惨な姿を内外にさらしている。それは、まるで戦いの進行ぐあいはどちらが有利であるかを指示しているようであった。

これらすべて、城方には、気味よくないものであった。

さらに、家康は、坑道戦術をとった。つまり穴を掘って地中から城の下へ行き、爆薬を埋めて爆発させる戦術である。

家康は、穴掘り道具をあっちこっちにおき、掘りだした土を高く積みあげて城方の注意をひくようにした。

天下の大坂城、城域は広く、堀の石垣などの基礎も深く幅広い。とても、思うように掘り進むことはできないのだが、城内の無知な雑兵や女たちを動揺させるのには大いに役にたった。いつ、どこで大爆発がおこるかもしれないのだ。地面が信用にならないくらい地上動物にとって、恐ろしいことはなかった。

「もはや、これまでです……」

と、大助が真田丸へきて、怒ったように言ったのは、十二月のなかごろであった。

「なんだ、もうへこたれたのか？」

と、幸村は笑った。

「いいえ、わたくしはへこたれません。へこたれたのは、お袋さまです」

お袋さまとは、秀頼のお袋、淀君のことだ。

「石火矢のせいか」

「はい。大筒の弾が、お袋さまのお居間をうちくだいたそうです、姉上が、そうっと教えてくれました……。そのとき、おそばの女房衆が、くずれた梁の下敷になって、七、八人、死んだそうです。それ以来、お袋さまは、すっかりおびえなされて、大筒の音がなりだしますと、和睦じゃ和睦じゃと泣き叫ばれるとのことです……」

「うむ……」

幸村は、威勢のよかった淀君を思いだした。軍議に口をだし、自分でも具足をつけ、やはり具足をつけて薙刀をもたせた侍女たちをひきつれて陣場回りをしてたのは、つい昨日のことではなかったか。

「それに、よく命中するんだそうです、お袋さまのお居間に……」

「大助、やめよ。男子が、口軽くしゃべるものではない」

「はい」

ぺろっと舌をだした。

「こやつ……」

幸村は、苦笑した。幸村など父昌幸の前で舌をだすなど、夢にもできないことであった。

一日のお暇、戦場での父と子の短いであいに、大助は嬉しいのだ。

〈もはや、これまでか……〉

幸村は、毛利吉政、改名して勝永《かつなが》がいった言葉を思いだす。

「もし、この合戦に勝ちたければ、淀君を殺すことだ……。またもし、豊臣家を存続させたければ、やはり淀君を殺すことだ」

その毛利勝永が、

「もうあかん！」

と、俗っぽい声をあげて真田丸へきたのは大助とあった翌日であった。

「和睦よ。あの婆にふりまわされどうしではないか……。婆を人質に江戸へ送るか、もし総構えの堀を埋め塀を撤去するなら、人質はいらぬ、といわれて、総構えをぶちこわすことにきまった……」

「己が選んだ道を悔むなかれだ……。いずれにしろ、長い生命でもあるまい」

幸村は、六文銭の旗を見あげて笑った。

〈中休み……。執念ぶかい古狸の総仕上げの合戦じゃ。このままで済みはせぬ……〉

七

冬の陣の講和条件は、大坂城総構えの破壊さえすめば、秀頼の知行はもとどおり、籠城の諸浪人もなんのとがめなし、ということであった。

ところが、総構えの取り壊しがすむと、家康は前言をひるがえして、秀頼の移封、浪人の追放の二つのうち、どちらかを選べ、と強い要求をつきつけてきた。

大坂方は、そのどちらも浪人の反対で承知できなかった。浪人たちは、追放されては行くさきもなく当然、反対。秀頼の移封も、浪人を連れて行くことはできないのだからこれも反対であった。

家康は、大坂方の返事を聞くと、ただちに諸大名に出陣の命をくだした。わずか三か月あまりの和睦であった。

大坂城は、総構えを撤去され、二の丸の堀まで埋められて、裸城となり、もはや、城としての機能を失ってしまった。

家康は、冬の陣では四十日余、辛抱強く包囲対陣したが、今度は三日で終わらせると豪語した。

毛利勝永は、

「こうなるのは、和睦がなったときからわかりきったことであった。まこと、馬鹿馬鹿しい合戦よ……。貴殿に、自分が選んだ道を悔むな、と教えられたが、つい、つい……。しかし、今度は終わりだろう。おれは、女房のために死ぬ。女房が、おれを誇りに思うような死にざまをしてみよう……」

と、乾いた声で笑った。

幸村も、毛利勝永に同感であった。が、言わないだけのことだ。それでも小山田の義兄には心況をすこし知ってほしかった。

「当年中、平和でございましたら、ぜひぜひおあい致しとうございました……」

と、手紙を送った。

「一日さきはわからないものですが、小生、もはや浮き世にあるものと思わないでくだい……」

慶長二十年五月七日、大坂、関東の決戦の日であった。

後藤又兵衛、薄田隼人、塙団右衛門、さらに木村重成らは、前日六日の戦いで討死にをとげていた。

徳川軍は七日未明、行動を開始した。天王寺口の先鋒本多忠朝《ただとも》、岡山口の先鋒前田利常《としつね》とし、各隊、高一万石ごとに正面一間と定められ、日の出のころには、東は八尾、若江、南は平野、堺にかかって三里の間、びっしりと陣を布いた。その勢十五万五千。

これに対して大坂方は、真田幸村が茶臼山に陣した。その左手天王寺に毛利勝永、大野治長が屯し、岡山口に大野治房が陣した。その数五万五千。

幸村は、兵数の差があまりにもかけはなれているので、士気高揚のため、秀頼の出馬を要請した。その使いに、大助を遣わした。

駆け去ろうとする大助に、幸村は、ふと思いついて呼びかえした。

「大助、これよりは秀頼公のお側を絶対に離れるな。御出馬あろうと御出馬なかろうと……。必ずお側にあって、秀頼公の御最期を見とどけよ」

「では、父上とはともに戦うことはかないませぬか……」

「必ず、秀頼公の御最期をな、見届けてくれ。これは、父の最後の頼みぞ」

大助は、口惜しそうな悲しそうな表情で、幸村を見た。頭をたれ、ちいさくうなずいた。

幸村は、自分が選んだ主人を、恥ずかしい死に方をさせたくなかった。子に見とどけさせなければ信用できなかった。秀頼を信ずるとしても、その側近たちが信じられなかった。

〈秀頼公は、御出馬ならぬだろうな……〉

幸村は、ふっとそう思った。

茶臼山の真田隊の赤備えは、陽光の強まるにしたがい、あざやかな花となって、燃えあがるようであった。

ついに秀頼は、こなかった。秀吉の征くところ、つねに将兵を激励し、その働きを賞揚し、その怯を叱咤した金のふくべの豊臣家の馬印は、戦場に姿を見せなかった。

戦機は、次第に熟した。空気は、目に見えない鉛のように重く、将兵の肩にのしかかった。陽が、しらじらと高い。焼けつくような陽光の下で敵味方とも狂気をつのらせていた。馬が重苦しい気配におびえたように足掻き、いななく。

幸村は、この緊迫感が好きであった。

敵、松平忠直《ただなお》の一万五千が動きだした。はじめ、動くともなく動いていた黒い影のような敵兵は、次第に動きをはやめ、あふれだすように、形を大きくしてきた。

「待て待てっ！　ようく引きつけおいて射てっ」

敵は人の海だ。波のように起伏しながら押しよせてくる。伏したとき、銃弾が、飛来した。

「待て、待つんだぞ！」

敵の一波は、伏し、射つ。一波は起ち進みくる。そして、大波が立ちあがるように、前面に敵が大きくあふれた。

「射てっ！」

幸村は、全身を湧きたたせて叫び、采をふった。

天地は、轟々たる音につつまれた。

敵の波は、次々に打ちよせてきて、次々に砕け散った。

硝煙の煙るかなたに、敵の旗がはためき、それらは、確実に、茶臼山との距離をちぢめていた。その後方に、金扇の馬印が、輝いていた。

「家康め、きたか……」

幸村は、床机を蹴って立った。

「行くぞっ！」

幸村は、叫んだ。真田隊三千五百、一本の巨大なクサビとなって、松平隊に突っ込んでいった。

松平の前隊がはじけとぶように割れた。真田隊は、ぐんぐん打ち込んでいく。

「押せっ、押せっ」

真田隊は、押し進んだ。クサビの先端が磨滅《まめつ》の火花を散らすように、兵がはじけとぶ。

幸村の周囲は敵と味方の渦であった。

ふいに、真田隊は、あっけらかんとなった空間を、

「家康を討てっ！　家康だぞっ！」

と口々に喚きながら、走っていった。

家康の旗本隊が、立ちふさがった。ぶつかりあう確かな衝撃があった。が、たちまち旗本隊は、砕け散り、真田隊は、再び圧力のない世界を走った。

金扇が、ゆらゆらとゆらめきながら遠ざかっていく。突然、真田隊は、側面から、銃撃をうけた。真田の兵が、こさぎおとされるように倒れた。

幸村は、金扇を追う。

　と――、左前方から、黒い集団とともに、六連銭の旗が、まっしぐらに突っこんできた。

「兄者！」

　幸村は、思わず叫んだ。

　この合戦に、兄信之は加わらず、子の信吉が出陣していた。同じ旗をもつ黒と赤の集団がぶつかりあった。激しい渦を巻きながら、すれちがっていった。黒の真田隊をひきはずしたとき、右前方から、分厚い集団が、立ちふさがり、ついで、真田隊を呑みこんだ。体勢をたてなおした松平隊である。

　真田隊は、完全に包みこまれた。動きがとまった。幸村の周囲には、千余に減じた兵が固った。

「惜しいことしたな、家康め……」

　幸村は、そう言ったが、すこしも無念がっている様子はみえなかった。愉快そうに、笑った。

「皆の者、これが最後だ。よく働いてくれた。礼を言うぞっ」

　幸村は、皆を見まわして、再び笑った。

それから、二時間、激闘ののち、真田兵は全滅した。

真田は五月七日の合戦にも、家康卿の御旗本さして一文字に打ちこむ、家康卿御馬印を臥さする事、異国はしらず、日本にはためし少なき勇士なり。（山下秘録）

あとがき

幸村の本当の名は、源次郎信繁である。豊臣秀吉の代、豊臣姓を許され従十五位下左衛門佐に叙任、豊臣左衛門佐信繁と称した。幸村の名は確実な資料にはない。どうして幸村になったのかはわからない。署名の繁の続け字の読み違いという説もある。江戸時代中期ごろには、幸村の名で知られていた。

幸村について、兄の松代十万石真田信之は、「物ごと柔和忍辱にして強からず、言動少々にして怒り腹立つことなかりし。くらべていはば左衛門佐（幸村）は、国郡を領する誠の侍と謂《い》つべし。我等は、造り髭して眼をいららげ肩を張りたる道具持といふべき程違ひたる」（『真武内伝』）

といっている。

これは、褒めすぎである。「真田日本一の兵、いにしへよりの物語にもこれなき由」（島津の家臣が国に送った手紙）と大坂の陣でその武勇が評判になった幸村を、人間的にも自分など足元にも及ばないと祭り上げた。信之の卑下自慢のようにも聞こえる。

幸村は天下の重要な人物ではない。大名になったこともない。父や兄は大名として天下の一角を担ったが、幸村はせいぜいのところ豊臣の人質になったぐらいである。関ヶ原戦のとき、信之は大名として参軍したが、幸村は父の手先として戦ったに過ぎない。そのとき多少の武功があったにしても、もし大坂の冬・夏の陣がなければ、無名に終わったろう。「物ごと柔和忍辱にして強からず、言動少々にして怒り腹立つことなかりし」

との評は当たっているようだ。

関ヶ原戦で徳川家康に降服した昌幸、幸村は、高野山に配流され、寺領の九度山にそれぞれ屋敷を構えた。屋敷の周りには侍臣の居宅もあり、時に和歌山あたりへも出かけたということで、過酷な扱いでもなかったようだ。

昌幸は、国許からの「毎年の合力」、一族・家臣（信之の）からの「臨時の合力」の経済的支援を受けて、妾までおいていた。暮らしは苦しく、さらなる合力を願った手紙も残っている。その晩年である。昌幸は、家康側近の本多正信に、家康の勘気が解けるようとりなしを願い、赦免の日を一日千秋の思いで待ち焦がれたという（桑田忠親編著『戦国武将の書簡(2)』徳間書店）。

老耄というべきか、希代の横着者も哀れというほかない。慶長十六年（一六一一）六十四歳で没、晩節を汚したといえよう。借金をしてもよし、ふてぶてしく往生してもらいたかった。

幸村の九度山暮らしも苦しかった。昌幸よりきついことだったろう。信之からの合力もあったにしても、父と弟では違う。真田の家臣にしても大殿と弟君では思いも異なる。幸村は、妻と三人の娘を連れていたし、配所でも大介を始め子女も生まれている。妻の実家大谷家は、関ヶ原戦後滅んでいるので、経済的支援はない。彼もまた、借金を頼むとの手紙も残している。真田紐を発明して、それを従者たちに売り歩かせたという俗説も生まれた。また、四十六・七歳のころ、姉婿の小山田茂誠への手紙で「うそかじけたる躰」で「殊の外病者に成り申し候、歯なども抜け申し候。髭などもくろ（黒）きはあまりこれなく候」というしだいで、哀れを催す。

貧苦と老苦が幸村を取り巻いている。

このようなとき幸村は、豊臣秀頼の挙兵を知らされ、その招きを受けた。

幸村は、老残の父を思い浮かべたであろう。四十八歳、父の年まであっという間であろう。老いて気力もおとろえて、父のように恥をさらしはしないか。

大坂方は、追い詰められた窮鼠同然。豊臣家の敗亡は九分九厘の確かさである。滅ぶとわかっている豊臣家に一身をささげるほどの恩恵は受けていない。大坂の勧誘には、信州あたりに五十万石の領国を与える、支度金二百金ということであったが、五十万石は幻、支度金は、これは借金返しにありがたいと苦笑したろう。流人のまま窮死するか、いま一度世に出て花を咲かせるか。

幸村は、大坂の陣を死に場所、死に花を咲かせ所と思ったのだ。

大坂の陣での幸村の用兵術は、目覚しい。これこそ昌幸に学んだものだろう。天才的ともいえる。二度三度、家康の本陣に迫り、家康の馬印金扇を伏せさせた。そして、真田隊は幸村以下一兵も生き残るもの無く玉砕した。

武道の誉れ、武士の鑑、幸村の名は戦後たちまち全国にとどろいた。

かくれ住《すみ》て花に真田が謡かな

蕪村の句である。

幸村は、流人の徒然を慰めるためか、連歌に親しんだ。

平成十九年四月吉日

松永義弘

〈単行本〉『真田一族の陰謀』（一九七九年八月、櫂書房）

人物文庫

真田《さなだ》昌幸《まさゆき》と真田《さなだ》幸村《ゆきむら》

二〇〇七年五月二〇日［初版発行］
二〇一四年七月一八日［3刷発行］

著者——松永義弘《まつながよしひろ》

発行者——佐久間重嘉

発行所——株式会社学陽書房
東京都千代田区飯田橋一-九-三　〒一〇二-〇〇七二
〈営業部〉電話＝〇三-三二六一-一一一一
FAX＝〇三-五二一一-三三〇〇
〈編集部〉電話＝〇三-三二六一-一一一二
振替＝〇〇一七〇-四-八四二四〇

フォーマットデザイン——川畑博昭

DTP組版——アジア情報開発株式会社

印刷・製本——錦明印刷株式会社

ISBN978-4-313-75225-2　C0193

岩波書店〈バスカル文庫 既刊書目〉

第一分冊	図説アメリカ軍のすべてがわかる『解説編』と、米軍の装備を写真と絵で一望する『写真・イラスト編』を収録。	
第二分冊	三 空 軍	
	アメリカ空軍の航空機、ミサイル、宇宙機器の全てを掲載。最新鋭のステルス戦闘機F-117「ナイトホーク」、米ソ戦略兵器削減交渉でも話題となった大陸間弾道ミサイルMX等。	
第三分冊	一 米 陸 軍	〈イ・ト〉全国書店
	戦う米陸軍のすべてを網羅した日本で初めての決定版。米陸軍の戦略、戦術、装備、戦闘から組織、人員、基地に至るまで、米陸軍の全貌がここに明らかにされる。	
第四分冊	二 海兵隊とコーストガード	〈イ・ト〉全国書店
	海の荒くれ男達の海兵隊と、沿岸警備の任にあたるコーストガードの全貌を、装備、編成の両面から解説。最新鋭揚陸強襲艦「ワスプ」や新鋭のコーストガードの船艇を詳しく紹介。	
第五分冊	三 米軍工業	〈イ・ト〉全国書店

寺島蔵人　〔人物文庫　対訳館設立〕

大徳寺の文庫　加賀藩の

加賀藩主の前田家は、三代利常以来代々学問を好み、多くの文化人を生んだ。五代綱紀は、藩の学問所を設け、木下順庵・室鳩巣らの学者を招くとともに、和漢の書籍を集めて「尊経閣文庫」の基礎を築いた。

加賀藩国学

関ヶ原合戦

加賀藩田県編
〔国県誌〕

第一巻

文庫の
〔国県書〕

加賀藩は「学問の藩」とも「天下の書府」とも称せられるほど、学問が盛んであった。

藩校の明倫堂・経武館をはじめ、藩士の家塾、町人や農民の寺子屋など、教育機関も多く、学問・思想・文芸など、各方面にわたってすぐれた人材を輩出した。

国学もその一つで、加賀藩の国学は、田内月堂を祖と仰ぎ、"加州国学"として、独自の学風を築いていった。

田内月堂は第一等の学者として、加賀藩の国学の基礎を作った人で、京都の賀茂真淵の門人であった。宝暦十年十月に帰国してから、金沢の地で、国学を広めるため、多くの門人を育てた。